転生若草物語

彩戸ゆめ

JN119714

角川春樹事務所

目次

物語は、作者によって作られる。

だが多くの読者に読み継がれていくことで、いつしか、名作と呼ばれる物語には、作者の思い以上の願望が籠《こ》められるのではないだろうか。

そしてその思いが新たなる結末を求め、似たような境遇の者を取り込んだとしたら——。


物語は、新たなお話を紡ぎ出す。

序章　転生

かつん、と。

エイミーの好きな音が足元で鳴った。川の氷の音だ。近所の川は冬になるとすっかり凍《こお》りついていい散歩道になる。

しかし分厚い氷に覆《おお》われているときは音はしない。ただの道のようになっている。春になってやや氷が薄くなってくると、足の下でさまざまな音がなるのだ。

凍っていた川が足の下で目を覚《さ》ますような音が好きだった。

まるで魚になったような気持ちで歩いていく。

だが気分よく歩いていた足元で、嫌な音がした。氷が薄くなった部分が砕《くだ》ける音だ。後《うし》ろに下がろうとして氷に体重をかけた瞬間、体が川の中に滑《すべ》りこんだ。

体が川の中に放り出される。氷の下の川の流れは思ったよりもずっと速い。落ちた穴はすぐに遠くにいってしまう。

川の水で体が痛い。

死ぬのか、とエイミーは思った。

まだ少ししか生きていないのに。

まるで眠るような気持ちになった。

そしてエイミーは青い光の中、夢を見た。


やれやれ、と。

絵美《えみ》は心の中でため息をついた。あくまで心の中で、である。実際にため息をつけるほどの心の強さは絵美にはない。

あくまで静かに目立たないように生きるには、感情をなるべく出さないのがコツである。

そして、しょぼいな、と心の中で毒づいた。

絵美の住んでいるのは決して大きくはない地方都市だ。市長は文化をうたっているが、文化に興味を持ったことなど一度もないだろう人間だ。

それでも絵画の展示会を年に一回はやる。東京のような大都市と違って有名な絵などはまず来ないが、そこそこの絵はやってくる。

絵の好きな絵美にとっては、年に一度の楽しみである。

このときだけは気分の悪いことを忘れられる。

要するに絵美は不幸だった。

父親は借金をかかえて蒸発。母親は離婚したおかげで借金はかぶらなかったが、絵美をひとりで育てるのは無理だった。

――迎えにくるから。

そう祖父母に絵美を預けたものの、新しい家庭を作ってしまったので絵美を迎えに来ることはなかった。

祖父母に愛されているのは間違いない。

だから幸せだと自分に言い聞かせてはいたが、心の中にはもやのようなものがある。

人生をやりなおせるほど世の中が甘くないことは知っている。

それでもいい方法はないものか、とつい考えてしまう事が多かった。

はあ、とあらためて心の中でため息をついた。その時、目の前にしていた展示品、ウサギの彫刻《ちょうこく》から、青い光が――。

「わっ」

自分の声で目が覚める。

絵美が気が付くと布団《ふとん》の中から起き上がるところだった。布団？　いやベッドである。さっき川に落ちた？　いや、個展を見ていた？

記憶が混乱する。

自分は白坂《しらさか》絵美という高校生だ。日本の地方都市に住んでいる。しかしいまいるのはどう見ても日本ではない。

「どうしたの、エイミー」

やや低い声がした。低いというのは正しくない。高くない声がした。エイミーの好きな優しい低さの声。

ジョーの声だった。

ジョーの声？　そんなものは聞いたことがないはずだ。絵美は反射的に思う。そして同時に、ジョーにちゃんと謝らないといけないと思った。

いや、ジョーというのは誰だ。

しかしそれが絵美の姉だというのもわかる。

絵美の知っているかぎり、いまの状況は『若草物語』である。自分は、エイミー・

マーチ。『若草物語』に出てくる四姉妹《しまい》の末っ子だ。

絵美は大きく息を吸った。

日本とは違う匂いがする。

これが夢なのか現実なのかはわからないが、いま絵美はエイミーとして若草物語の世界にいる。

「ごめんなさい。ジョー。わたしが甘ったれなのがいけないの」

まずジョーに謝った。

それが最初にしたいことだった。

「どうしたの。らしくないね」

ジョーは「ジョーらしく」笑った。それはまさに絵美の想像していた笑い方だった。なにもジョーのことを知らないままに、好感をもつ。

――これが夢でないといいのだけれど。

絵美は強くそう思った。

もしこれが夢でないのなら、絵美はエイミーとしての幸せを手に入れることができる。今後困難があっても、絵美の知識があれば乗り越えられそうだった。

ふふ、と思わず笑みがこぼれる。

「どうしたの。寝ぼけてるの？」

ジョーが不思議そうに顔を近づけてきた。

「少しね」

そして自分の髪が少し濡《ぬ》れていることに気が付く。川で溺《おぼ》れたのはエイミーのほうだ。そしてなんとか助けられたのだった。

どうして助かったのかは記憶にない。気絶していたせいだろう。

「ローリーがいなかったら死んでた」

ジョーが言う。助かってよかった、と目が言っていた。どうやらエイミーは奇跡的に助かったらしい。

ただどういうわけか、絵美の魂《たましい》と交《まじ》わったようだ。

エイミーにとっては不幸なのかもしれないが、絵美にとっては幸運だ。不幸と幸福が入れ替わる以上の幸運はないだろう。

——ここで幸せになろう。

絵美は決めた。

そしてまずはジョーとちゃんと仲直りをしよう。

どうやって？

姉のメグがエイミーに言っていたことを思い出す。アメリカではこういうときはキスで仲直りするのだ。

「あらためてごめんね、ジョー」

そし言うと絵美はジョーの頬にキスをした。

「怒りの炎を太陽にあててごめん。助かってよかった」

ジョーは絵美を思い切り抱きしめた。毛布ごとの抱擁《ほうよう》は力強い。

そしてそれは絵美の知らない感触。

家族のぬくもりだった。


そしてその日から、絵美はエイミーとして、新しい家族を得たのであった。

第一章　再生

絵美の記憶を得てからのエイミーは、小説『若草物語』の内容を詳しく思い出そうとした。

だが中学生の時に少し読んだだけなので、四人姉妹《しまい》の話ということくらいしか覚えていない。

一旦《いったん》、覚えていることを整理しよう。

四姉妹の長女の名は、メグ。十六歳で、非常に美しく女性らしい。お金持ちの家庭・キング家の家庭教師となってマーチ家の生計を助けてくれているはず。

四姉妹の次女が、ジョー。背が高く手足が長く痩《や》せていて、十五歳。マーチ家の「息子」と自ら標榜《ひょうぼう》していて、唯一《ゆいいつ》女性らしい美しく豊かな髪が自慢。お父さんの伯母《おば》さん、お金持ちのキャロル伯母さんの家へ通って、お相手をする事でマーチ家の生計を助けている。作家を目指していて作品も書いていて、それをエイミーが燃やしてしまったのが、先日だ。エイミーもそうだが、ジョーも短気で喧嘩《けんか》っ早いところがある。

四姉妹の三女はベスで、黒髪に青い目の非常に内気な十三歳。音楽が大好きで、ピアノをよく弾《ひ》く。とても優しいのでエイミーも懐《なつ》いていて、正反対の性格のジョーとも大の仲良し。ただ病弱なため、学校には通わず自宅で勉強し、家事を手伝っている。

そして四姉妹の四女が、絵美《えみ》が転生した、エイミーだ。金髪の巻き毛が自慢のおしゃまな十二歳。絵美と同じく写生をするのが好きで、生意気盛りでジョーとはよくぶつかってしまう。

（そして、ベスは何かが原因で死んでしまうはず）

エイミーは、改めて絵美からエイミー・マーチとして生まれ変わり、それを思い出した意味を考えた。

過去の絵美は、頼れる肉親もおらず、貧しく孤独の内にいた。その無念を晴らしたい、ということなら、この穏《おだ》やかで幸せな四姉妹と両親の生活を守ることが、一番の意味だろう。

エイミー自身も幸せを感じているし、絵美としても、この幸せを失いたくない。そのためにも、ベスは絶対死なせてはならなかった。

熱にうなされる描写があったから、インフルエンザのような流行性の感冒《かんぼう》かもしれない。

エイミーが絵美の知識も併《あわ》せて考えられる対策としては、体力作りをして手洗いとうがいを徹底《てってい》するくらいだ。

ボストンでは水不足が叫《さけ》ばれて久しいが、エイミーたちが住むこの辺りはそこまで急激に人口が増加していないので、蛇口《じゃぐち》をひねればたっぷりと水が出てくる。手洗いに関しては、安心だ。

あとはマスクを自作するくらいだろうか。

マスクに関しては絵美に手作りマスクが流行《はや》った頃《ころ》の記憶があったので、紐《ひも》マスクであれば自作できる。それを家族にしてもらおう。

紐の代わりに可愛《かわい》いリボンを使えば、服装に気を遣う長女のメグも納得するだろう。

エイミーは早速母から端切《はぎ》れをもらってマスクを作った。初めて作ったので多少不格好だが、ちゃんとしたマスクだ。

「そんなのつけないわよ」

だが次女のジョーはマスクを見るなり嫌そうな顔をした。

「そんな事言わないでつけて。病気になるのを防ぐのよ」

エイミーはジョーの手にマスクを握らせようとするが、ジョーは見るのも嫌だというように顔をしかめる。

「コンメディア・デッラルテのマスクじゃあるまいし。嫌よ、そんなの」

コンメディア・デッラルテというのはかつてイタリアで流行していた即興演劇の事だ。

時事問題や醜聞《しゅうぶん》などの話題の出来事や上演場所の地域色を取り入れて、恋に溺《おぼ》れる青年、強欲《ごうよく》な商人、道化師《どうけし》など、一目で分かる典型的なキャラクターをユーモラスに演じる。

その中に出てくるペスト医師が鳥のようなくちばしをもつマスクをつけている事から、同じようなものだと当てこすったのだ。

「でもジョー！」

「大丈夫。病気なんか吹き飛ばしちゃうくらい元気だから。じゃあちょっとローリーと遊んでくる」

「ジョー！」

エイミーがマスクを手に取って追いかけようとすると、目の前でドアが閉じた。

外の空気が家の中に入ってきて、四月になったというのにひんやりとした風が、頬《ほお》だけではなく心配するエイミーの心を冷たくさせる。

せっかく作ったのにと腹立たしくなって、テーブルの上にある裁縫道具《さいほう》を乱暴に片付けると、ソファーの上で行儀《ぎょうぎ》悪く膝《ひざ》を抱える。

「もうっ、ジョーなんて知らない」

せっかく絵美の知識で病気を防ぐ方法を考えたのに、それを実行しないのでは意味がない。

不機嫌《ふきげん》に口元を引き結ぶエイミーを見た三女のベスは、テーブルの上に残されたマスクを手に取った。

「ねえエイミー、これはどうやって使うの？」

エイミーは無言のままベスを見ると、腕を伸ばしてマスクのリボンを結んであげる。

ベスが付けているのを見ると、白いシンプルなマスクは、初めて作ったにしては良い出来だと思えた。

（よく考えれば、病気で死んじゃうのはベスだけだから、ベスさえきちんとマスクをつけていれば問題はないんじゃないかしら）

「ここをね、こうやって結ぶの。鼻と口を覆《おお》っておけば、病気になりにくいのよ」

「凄《すご》いわ。まるでジョーみたいに物知りね。学校で習ったの？」

尊敬するようにキラキラとした目で見てくるベスはエイミーより一歳年上だが、体が弱く極度な人見知りの為、学校に通っていない。

エイミーもついこの間までは通っていたのだが、学校にライムのピクルスを持って行った事で教師に手の平を鞭《むち》で打たれるという体罰《たいばつ》を受け、通うのをやめてしまった。

ライムのピクルスは、まずライムを塩で処理し一週間寝かせ、その後ターメリックをすりこみ、にんにく、玉ねぎ、クローヴ、生姜《しょうが》、酢、マスタードシードを合わせた液に漬けこんだ物だ。

今になってみるとなぜあんなに夢中になっていたのか分からないが、あまりの人気に皆がこっそりと学校へ持って行ったので、禁止されてしまうくらいだった。

エイミーも禁止されているのは分かっていたが、ライムをもらったら返さなければいけないというルールがあったので学校へ持って行き、先生に見つかってしまって体罰を受けた。

この時代には義務教育というものがない。大学はともかく、子供たちが通う学校は私塾に近く、保護者の判断で通うかどうかを決められた。

エイミーの母のマーチ夫人は体罰に反対していたので、学校へは当分行かなくてよいと言った。そして、他の学校に通うにしろこのまま家で勉強をするにしろ、夫の意見を聞いてからにしようという事になったのだ。

それからはベスと一緒にジョーから勉強を教えてもらっているのだが、やはり学校へ通っていたエイミーの方が勉強の進みが早く、ベスは素直にそんなエイミーを尊敬している。

「ええ、まあね。それより付け心地はどう？」

「まだ慣れなくて……」

ベスは気になるのか、耳に結んだリボンを触っている。

「我慢してでも使ってみて。そのうち慣れるわ。そしたら、それこそベスも学校に通えるようになるかもしれない」

とにかくベスが病気に罹《かか》らない事が大切だ。

あとは体力作りの一環で外に連れ出そう。近所を散歩するだけでも良い運動になるに違いない。

エイミーも家の中にばかりいたら息が詰まってしまう。

「そうだわ、散歩に行きましょう」

「このマスクをつけて？」

情けなさそうな顔をするベスに、エイミーは笑って答える。

「それは病気の人がいる時につけるのよ。外を歩く時はいらないわ」

ベスは安心したように息を吐くと、ぎこちない手つきで耳元のリボンをほどいた。

「でも外に行って色んな人に会うのは嫌だわ」

ベスは知らない人に会いたくないがばかりに、外に出るのすら嫌がっている。

だが健康には適度な運動と太陽の光が必要だ。

ベスがいつ病に倒れるか分からないけれど、それまでに基礎体力をつけるようにしておきたい。

「誰かに会ったら私が愛想《あいそ》よく挨拶《あいさつ》するから、ベスは会釈《えしゃく》だけすればいいわ」

「それならいいけど」

「さあ、そうと決まったら行きましょう」

エイミーはベスの手からマスクを受け取ると、代わりにベスのボンネット（ヨーロッパの伝統的な帽子）を渡す。そして自分もボンネットをかぶると、おかしくないか鏡で確認する。

（今まではもう少し鼻が高ければいいのにと思ってたけど、十分じゃない。きちんとお手入れをしておけば、将来は美人間違いなしね）

「ハンナ、ちょっと散歩に行ってくるわね」

身だしなみを整えたエイミーが台所にいるメイドのハンナに声をかけると、ハンナは奥から顔だけ出して「おや」という表情をした。

ハンナはもう家族の一員と言ってもいいくらい長年仕えてくれているメイドだ。

「珍《めずら》しいですね。お出かけですか？」

「ずっと家にいると息が詰まっちゃうわ。ちょっとは外の空気を吸わないと」

「そりゃあ家の中には面白いことなんてこれっぽっちもありませんけどね。それでもベスお嬢さんは家の中が大好きなのかと思ってましたよ」

ハンナはいつものようにベスに夕飯の下ごしらえを手伝ってもらいたかったのだろう。残念そうに手に持った籠《かご》の中にあるジャガイモを見下ろした。

「ベスだってたまには外に出なくちゃ。さあ、ベス、行きましょう」

ベスが「やっぱりやめる」と言い出さないうちに、エイミーは強引にベスの手を引いて外に出る。

やはりまだ肌寒いが、少し歩くと体が温かくなってくる。

「どこに行くの？」

「湖に行かない？」

「いいけど……エイミーはもう行きたくないって思わないの？」

ベスが少し怖そうな表情になった。溺《おぼ》れたエイミーもだが、ベスもかなり衝撃を受けたらしい。もし自分が、と思うだけでいやなのだろう。

マーチ家の北には大きな川が流れていて、近隣にはいくつかの湖が点在している。木も森も湖も、エイミーにとってはありふれた日常の景色だ。

中でも冬場にスケートに行く湖はマーチ家のお気に入りだ。四季を通じて遊びに行く事が多い。

確かに怖い思いをしたが、そのおかげで貴重な前世の記憶を思い出したのだから、エイミーにとってあの湖は幸運の湖といってもいい。

「今くらいの時期だとカナダガモの雛《ひな》が見られるんじゃないかと思うの。ベスも見たくない？」

カナダガモというのは北米に多く生息する大型の鴨《かも》で、顔に白いラインが入り頭と首が黒く体が茶色の羽で覆《おお》われている。雛の羽毛は黄色で、春には雛を連れて行進するカナダガモの姿が見られる。

「見たいわ」

ベスは可愛らしいものが好きだから、きっとよちよちと歩く雛たちに歓声《かんせい》を上げるだろう。

そう思うとエイミーの顔に自然と笑みが浮かぶ。

「じゃあ、早く行きましょう」

そう言ってエイミーが手を引くと、ベスははにかみながら後を追った。

湖に着くと、そこには誰《だれ》もいなかった。

カナダガモたちが湖の主のように、悠々《ゆうゆう》と泳いでいる。

「ほら見て、あそこ」

ベスが声を潜《ひそ》めて指差す先では、黄色い雛たちが一列になって母鴨の後を歩いている。

「ああ、スケッチブックを持ってくれば良かった」

絵を描《か》くのが好きなエイミーが悔《くや》しがると、ベスは「また明日来ましょう」と優しくなだめてくれた。

それを聞きながら、どうせ毎日散歩して体力をつけるのが目的だ、明日もベスを誘うのに、これはいい口実だと思う。

優しい優しいベス。きらきらと顔を輝かせて、可愛い雛たちに歓声を上げている。

この横顔を、守らなければならない。

エイミーは幼いなりに、固く決意するのだった。

そうしていい気分で散歩から戻ると、長女のメグが「旅行鞄《かばん》はどこだったかしら」と大騒ぎしていた。

日頃おしとやかなメグの慌《あわ》てふためいている様子に、エイミーは思わずベスと顔を見合わせる。

そこへ折角の長い綺麗《きれい》な髪の毛をボサボサにしたジョーも帰ってきて「なんだか騒がしいけどどうしたのさ」と不思議そうにした。

メグはジョーの様子を見ると手を止めて「まあ。ジョーったらまたソリ遊びをしてきたのね」と呆《あき》れたように言う。

ソリ遊びは雪の上で一頭立てのソリに乗って速さを競うものだが、ローリーとジョーは馬に曳《ひ》かせず丘の上から滑《すべ》り降りて遊んでいた。

それがあまりに楽しいので、雪の日だけではなく草の上を滑らせて遊ぶようになったのだ。

おかげでローリーと遊んだ後のジョーの服はいつも擦《す》り切れて、髪はボサボサで草まみれになっている。

因《ちな》みにこれまでちょこちょこ名前の出てきているローリーとは、マーチ家の隣人で、非常に裕福なローレンス家の一人息子だ。十六歳になったばかりでジョーとは同い年のようなものだ。

両親が早くに亡くなり、祖父のローレンス氏と二人、使用人に囲まれて立派な屋敷に住んでいる。

偏屈《へんくつ》なローレンス氏と共に近所づきあいがなく孤独な毎日を送っていたところを、舞踏会《ぶとうかい》で手持ち無沙汰《ぶさた》にしていたジョーと出会い、そのあけっぴろげなジョーの態度に打ち解け、意気投合して、大の仲良しとなっていた。

なかなかのハンサムで紳士《しんし》的でもあるが、やや無鉄砲でいたずら好きな面が玉に瑕《きず》である。

そんなローリーと遊んでボサボサのジョーは、長女で厳しいメグ軍曹に冷たい視線を向けられ、慌てて壁にかかった鏡を見ながら身だしなみを整えた。

どうです完璧《かんぺき》でしょうと胸を張るジョーの後ろで、ベスがそっと髪に引っかかった草を取ってあげる。

いつものように息の合った二人の様子に、エイミーは下を向いて笑うのをこらえた。

メグは仕方がないわねという表情をしたがジョーに注意する事はなく、上の空で旅行鞄を探しに屋根裏に行った。そしてお目当ての物を見つけた後は、大事そうに持って自分の部屋へ向かう。

残された三姉妹は、あのメグがジョーのボサボサの髪を見て何も言わないなんて一体どうしたのだろうかと、ぞろぞろとメグの部屋までついていく。

「何かいい事があったの？」

まるで鼻歌でも歌いそうなほどご機嫌な様子のメグに、ジョーは姉妹を代表して理由を尋《たず》ねた。

「ええ、とてもいい事よ。お友達になったアニー・モファットが春になったら家に遊びにいらっしゃいと誘ってくれていたんだけど、ほら、私は毎週キングさんの家で家庭教師の仕事があるでしょう。だからとても嬉《うれ》しいけど断わらなくちゃいけないと思っていたの」

今ではこんなに貧乏《びんぼう》なマーチ家だが、父が友達を助けて財産を失うまでは、富裕な階級に属していた。

アニーはその頃から付き合いのある友人から紹介された子で、なぜだかメグをとても気に入ってくれている。

「でもちょうどキングさんたちの子供が麻疹《はしか》に罹《かか》ってしまったっていうの。それで家庭教師の仕事がお休みになったから、アニーの家に遊びに行ける事になったのよ」

麻疹と聞いてエイミーは青ざめた。もしかしたらそれがベスの命を奪った病気かもしれないと思ったからだ。

「麻疹……」

心配そうなエイミーに気づいたメグは、持って行く服を選ぶ手を止めて、安心させるように微笑《ほほえ》んだ。

「大丈夫よ。私たちはもう麻疹に罹っているからうつらないわ」

「だったらいいけど」

麻疹は感染力の高い伝染病で、絵美の時代には予防接種を受けて発症を防いでいる。だがこの時代では「命定めの病気」だと言われている。麻疹にかかって重症化すると死んでしまう可能性があるからだ。

エイミーはキングさんたちの子供が無事に治りますようにと、心の中で祈った。

「それより、メグはいつからそのアニーさんのところへ行くの？」

旅行鞄を開けたり閉めたりして遊んでいるジョーを慌てて止めたメグは「旅行鞄が壊れちゃうから止《や》めて」と言った。

「明日よ」

「明日？　それはまた急だね」

ひゅうと口笛を吹くジョーに、メグはお行儀が悪いわよと注意する。

「仕方がないわ。本当は仕事で行けないはずだったんですもの」

「それじゃ急いで支度《したく》しなくちゃね。何日くらい滞在する予定？」

「それがね、なんと二週間なの！」

「二週間！」

　それを聞いてジョーだけではなくエイミーとベスも驚いた。

「大変、服は足《た》りる？　毎日違うドレスを着なくちゃいけないんじゃない？」

　エイミーはメグの手持ちのドレスを思い浮かべて数えてみるが、どう考えても二週間は持たない。

「ショールやスカーフを組み合わせるわ。パーティーもあるから、まずはそのドレスを用意しないと」

「パーティー！」

　メグの言葉に、マーチ家の裕福な時代を全く知らないエイミーが両手を胸の前で組んで目を輝かせた。

　綺麗なドレスを着て素敵な紳士とダンスを踊《おど》るパーティーは、エイミーの憧《あこが》れだ。

　かつてはマーチ家でも頻繁《ひんぱん》にパーティーが開かれていたらしいが、エイミーが物心つく頃にはすっかり貧しくなってしまって、とてもそんな余裕はない。

「きっと素敵なんでしょうねぇ。私も行ってみたい」

うっとりと呟《つぶや》くエイミーを見て、着飾《きかざ》って出かけるパーティーなんか無意味だと思っているジョーが興味なげに鼻を鳴らす。

「あんなの、見栄《みえ》の張り合いっこをしてるだけでつまらないよ。家で本を読んでた方が、よほど有意義だね」

羨《うらや》んでいるわけではなくて心底思っているのが表情からわかる。

ジョーは世俗というものにあまり興味がないのだ。

「ジョーだって大みそかのガーディナーさんのパーティーは楽しんだじゃない」

「全くあれは愉快《ゆかい》だった。ローリーとも友達になれたしね」

「ほら。いいなぁ。私もパーティーに行ってみたい」

ジョーの〝愉快〟は皮肉なのだが、夢の中にいるエイミーは気にもしない。記憶の中の絵美もパーティーに行った事がないから、エイミーにはどんな物なのか想像するしかない。

だから、羨《うらや》ましくて仕方がなかった。

「エイミーだってすぐに行けるようになるわ。それにしてもどうしましょう、ドレスに何を合わせればいいかしら」

ベッドの上にドレスを広げたメグは手持ちのアクセサリーを思い浮かべて、どう組み合わせようかと悩む。

「私、特別な日に使おうと思っていたリボンがあるわ。それを持ってくるわね」

ベスの提案に、ジョーもよそ行きの服をしまってある箱から、一番上等な物をメグに貸す事に同意した。

だが一番年下のエイミーには、メグに貸してあげられる物がない。

こんな姉妹での貸し借りなんて、絵美の人生では体験できなかった。

何かしてあげたい。このワクワクするような時間を、より煌《きら》めかせたい。

そして、四姉妹皆をエイミーが幸せにするのだ。

何か代わりにできる事はないだろうかと考えたエイミーは、絵美の記憶からいい事を思いついた。すぐさまメイドのハンナに聞きに行く。

「ハンナ、うちにワセリンとオリーブオイルはある？」

「ありますけど、何に使うんですか？」

「メグをもっと美人にするの」

ハンナから材料をもらったエイミーは、小さな鍋《なべ》にワセリンを入れると透明になるまで溶かし、そこにオリーブオイルを入れて混ぜた。

あらかじめ煮沸《しゃふつ》消毒しておいた入れ物に入れて冷ませば、保湿クリームの出来上がりだ。

（絵美があんまり裕福じゃなくて、自分で化粧品《けしょうひん》を作る子で助かったわ）

スプーンですくって手の甲に垂らして伸ばすと、かなり肌がしっとりとする。

これを続ければ、メグの肌はもっときめ細やかになって美しくなるだろう。

（ローズオイルでもあれば、もっと化粧品っぽくなるんだけどなぁ）

母の香水ならあるが、さすがに顔に塗《ぬ》るものに香水は使いたくない。

香りつけは今後の課題だと思いながら、エイミーは容器の蓋《ふた》を固く締めた。

ワセリンはともかく、オリーブオイルはまだそれほどアメリカの市場には出回っていない。

イタリア人の血液はオリーブオイルでできているんじゃないかと思うくらい彼らはオリーブオイルを愛しているから、そのうち輸入に頼るのではなくて、アメリカでの生産を始めるだろう。

そうすればもっと安価になって、手に入りやすくなるに違いない。

エイミーはキャロル伯母さんが大量に買ったオリーブオイルのおすそ分けが家にあ

るのをたまたま知っていたから、保湿クリーム作りを思いつく事ができた。

(パーティーにはきっとお金持ちもたくさん来るはず。その中から結婚相手を見つければ、メグも晴れて上流階級の仲間入りよ)

元々メグが生まれた時にはマーチ家は裕福だったのだから、お金持ちの家にお嫁《よめ》に行っても気後《きおく》れする事などないだろう。

彼女はまだ家庭が裕福だった頃の事を姉妹の中で唯一覚えているから、その頃を懐かしく、辛《つら》く思っているのを知っている。

上流階級に戻る事ができれば、幸せだと感じるに違いない。

(メグがお金持ちに見初《みそ》められたら、私も素敵なパーティーに連れて行ってもらえるかしら)

そう考えただけでワクワクしてくる。

軽い足取りでメグの部屋に戻ると、ベッドの上にはたくさんの物が散らばっていて、まるで大きな宝石箱のようになっていた。

「あの子たちが麻疹にかかってくれたのは、本当に幸運な事だったと思うわ。それにアニー・モファットが私を家に招く約束を忘れてなかったのもね」

「それも二週間も遊びに行けるとは、なんて素晴らしい」

ジョーは長い腕を風車のように振り回しながらメグのスカートを折りたたんでいる。

「お天気も良さそうで、本当に良かったわ」

ベスはアニーの家に持っていっても見劣《みおと》りしない上等な箱に、首や髪につけるリボンを入れて整頓《せいとん》している。その中にはベスの大切なリボンも含まれていた。

「だいぶ支度ができたみたいね」

エイミーは後ろ手にクリームを隠して部屋を見回した。

「ええ。さっきお母様の杉の宝箱からも色々お借りしたのよ」

「素敵！　どんな物を借りたの？」

エイミーは渡そうと思っていたクリームの事を忘れて、すぐにメグの手元に目を走らせる。

杉の箱というのは、娘たちが大きくなったら譲《ゆず》ろうと母が大切に取っている、マーチ家が裕福だった頃に集めた母の高価な持ち物が入っている箱だ。

「絹《きぬ》のストッキングと可愛らしい彫刻の施《ほどこ》された扇子《せんす》。それと綺麗な青いサッシュ(帯・ベルト)よ。あの素敵な紫色のシルクのドレスも借りたかったんだけど、サイズを直す時間がないから諦《あきら》めたわ。いつものターラタンのドレスで行くしかないわね」

ターラタンはとても薄いコットンの平織り生地《きじ》で、女性用のドレスの生地としてだけではなく、油をよく吸うので版画や印刷などでインクを染み込ませたりするのにも使う。

「でもそれ、私の新しいモスリン（平織り綿布）のドレスの上に重ねれば豪華じゃない？　青いサッシュも映《は》えると思う。私があの珊瑚《さんご》のブレスレットを壊さなければメグに貸してあげられたのにね」

ジョーは気前の良い方だが、物をすぐに壊してしまうので、メグに貸してあげられそうなのは買ったばかりのドレスくらいしかなかった。

「気持ちだけ受け取るわ。ジョー、ありがとう。あの杉の宝箱の中に少し古い作りだけど綺麗な真珠《しんじゅ》のセットがあって、それを借りられたら良かったんだけど……。お母様は若い女の子は本物の花を飾るのが一番綺麗に見えるって言って貸してくれなかったの。でも花をちょっと飾っても、やっぱり本物の真珠ほどの輝きはないでしょう？　がっかりしていたらちょうどローリーが来て、お花が必要なら温室の花をいくらでもどうぞって言ってくれたのだけど、甘えていいものか、そもそもお花よりやっぱり何か別のものがいいのかしら……」

「ローリーが来てたの？」

保湿クリームを作るのに必死で、母が帰ってきたのもローリーが訪問していたのにも全く気がつかなかったエイミーはびっくりした。悩んでいるメグの横で、ベスが答える。

「ええ。ほら、前からジョーが読みたいって言っていた詩集を持ってきてくれたの」

「おお、陽気な訪問者よ！　確かに汝《なんじ》だ
汝の歌を聞き、わたしは喜びにみたされる
おお、郭公《かっこう》よ！　汝が鳥であろうはずはない
彷徨《さまよ》える聖なる声ではないのか？」

ジョーはローリーから借りたばかりのワーズワースの詩をそらんじると、紳士のようにお辞儀をした。

ベスは「まるで本物の詩人みたい」と、両手を叩《たた》いて喜んでいる。

「郭公より格好をどうにかしなくっちゃ」

メグはジョーの舞台よりも、自分の晴れ舞台の方が気になって仕方がない。四姉妹、やることなすことめちゃくちゃだが、それが楽しい。

「待って。もう一度、何を持って行くのかチェックしないと。まずは、そう。新しいグレーのウォーキングスーツがあるわね」

ウォーキングスーツというのは最近流行《はや》りだしたAラインのスカートとジャケットを組み合わせたツーピースの事で、ドレスよりも動きやすいのでスポーツや狩猟《しゅりょう》の時に着る服だ。

「ベス、ちょっとその帽子《ぼうし》の羽を曲げてもらえるかしら。ええ、ありがとう。それくらいでいいわ」

メグは帽子の羽のカール具合に満足すると、広げたもう一枚のドレスを見る。

「ポプリンのドレスは、日曜礼拝とか小さなパーティーに行く時に着ていくのはいいけど、春だとちょっと重たくなりそう。あぁ、やっぱりお母様のあの紫のシルクドレスがあればいいのに」

メグの言うように、ポプリンというウールとシルクで作られたドレスは、春というより秋の装《よそお》いにぴったりだ。アニーたちのような流行に敏感な少女たちから見れば、とても野暮《やぼ》ったく見えるに違いない。

「大丈夫よ、大きなパーティーだったらあのターラタンのドレスがあるじゃない。あのドレスを着たメグはまるで白い天使様みたいで素敵よ」

エイミーはメグの持っているドレスに想《おも》いを馳《は》せてうっとりした。

（私も大きくなったらこんな風に綺麗なドレスを着てパーティーに行きたいわ。どん

なに素敵かしら）

「あのドレスは襟《えり》ぐりが狭くて、裾《すそ》も今の流行みたいに長くないけど……、それしか持ってないんだから仕方ないわね」

メグは友人のように流行の最先端の装いをしたい憧れを封じ込めるように、そっと目を伏せた。

「でもね、それよりも日傘《ひがさ》の方が問題なのよ」

「この間、お母様が新しいのを買ってくれるって言ってたわよね？」

ファッションに対しては耳の早いエイミーが思い出して聞くと、メグは「そうなんだけどね」とため息をついた。

「白い持ち手に黒い生地の傘をお願いしていたんだけど、お母様が買ってきたのは黄色がかった柄《え》に緑の生地の傘だったの。確かに丈夫できちんとしてるけれど、アニーの金の持ち手のシルクの傘と並んだら、恥ずかしくなりそう」

メグの視線の先には部屋の片隅《かたすみ》に立てかけてある小さな緑色の傘がある。

今まで誰も気がつかなかったくらい、目立ったところのない傘だった。

「だったら取り替えてくれればいいじゃない」

ジョーの助言はもっともだったが、メグは首を横に振った。

「でもせっかくお母様が苦労して手に入れてくれたんだもの。気に入らないからって交換したら、お母様に悪いわ。絹のストッキングと新しい手袋が二つあるんだから、それで我慢しないと。古い服だってきちんと手入れをしてあるから、ちょっとお金持ちになった気分になるわね」

新品の手袋を見ながら自分に言い聞かせるようなメグに、エイミーは私だったらあんな色の傘を持って歩きたくないなと思った。

そもそも緑の傘に似合う服の色なんてあるだろうか、と考える。

黒、白、ベージュなどのベーシックカラーを合わせるくらいしかないが、かなり地味な装いになる。

そう考えると、あの緑色の傘は、もしかしたら売れ残って安くなっていたのかもしれない。

「アニー・モファットはナイトキャップに青とピンクの蝶結《ちょう》びをしたリボンをつけているのよ。おしゃれよね。ねえベス、私のにも何かつけてくれない？」

他にも何か使えそうなものはないかとハンナに聞きに行ったベスは、真っ白で雪のような白いモスリンの布を持ってきた。

それでナイトキャップを飾ろうというのである。

「私は反対。だってナイトキャップだけ豪華にしても、ガウンがシンプルなんだから釣《つ》り合わないわよ。貧乏人は身の丈《たけ》に合ったおしゃれをするべきだと思う」

「いつかドレスに本物のレースをつけたり、ナイトキャップに蝶リボンをつけたりできるようになるかしら」

（やっぱりメグの幸せはそれね。それにはお金持ちの旦那様《だんなさま》をゲットしないとダメよ。その為にはメグをもっと綺麗にしなくちゃ）

エイミーは後ろ手に隠していた容器をそっと出す。

「メグ、今日からこれを使ってちょうだい」

「これは何？」

「綺麗になるクリームよ」

メグが容器の蓋を開けると、そこにはエイミー手作りの保湿クリームが入っている。これを洗顔した後に塗れば、メグの白い肌は輝くような美しさになるに違いない。

「指ですくわないでスプーンですくうの。洗顔して顔の汚れを取ってから、このクリームを顔や手に塗って寝ると、すべすべになるわ」

「ゲランのコールドクリームみたいなもの？」

一八二八年にフランスで開業したゲランは、香水とスキンケアの店だ。一八三〇年にボルドーワイン入りのリップクリーム「ボーム・デ・ラ・フェルテ」、また一八四〇年にはオーストリア皇后《こうごう》エリザベートが愛用したと言われるコールドクリーム「ア・ラ・フレーズ・プール・タン」を発売している、少女たちの憧れのブランドだ。

「それよりもっと凄いわ」

エイミーが断言すると、メグの顔が輝いた。それに気をよくして、更に絵美の記憶から彼女のためにできることを考える。

「あと、ジョーが壊した珊瑚のブレスレットはある？　通し穴がついてるのならそれを使おうと思うんだけど」

「ちょっと待ってて」

ジョーが自分の宝箱から持ってきた珊瑚のブレスレットは、小さな珊瑚を糸に通したもので、いくつかの珊瑚の角が欠《か》けていた。

「それとこのモスリンを組み合わせて……」

エイミーは器用にモスリンの端切れを三〇センチ×六センチの長方形に切る。上部を花びらの形に切り、下部を並み縫《ぬ》いしてから糸を引っ張ってギャザーをつける。

それを丸めて花びらのようにして中央に珊瑚を縫いつければ、可愛らしい布の花の出来上がりだ。ローリーの本物の花より、こちらの方が衣装には映える。

「このお花をたくさん作って胸元とウェストとドレスの裾に縫いつければ、とっても豪華に見えるわ」

「でも今からじゃ無理よ」

メグが旅行に行くのは明日だ。ドレスに飾りをつける時間はない。

「大丈夫よ、簡単だもの。三人でやればきっと間に合うわ。まずお花をたくさん作って、できた分だけ飾りましょう」

「私、がんばるわ」

控《ひか》えめにベスが手を挙《あ》げると、メグは目を潤《うる》ませながら「ありがとう」とその手を握る。

「さあ、こうしちゃいられないわ。急いで飾りを作りましょう。私が布を切るから、メグは並み縫いをしてね。ベスはそれをお花の形に。私も手が空いたら手伝うわ」

エイミーがてきぱきと指示をすると、ジョーが「私は何をすればいい？」と期待に満ちあふれた目で見つめてきた。

だがエイミーは静かに首を振る。

「ジョーが手伝わない事が、一番の成功の秘訣《ひけつ》よ」

エイミーの言う通りだったので、ジョーはがっくりと肩を落とした。その仕草に、皆が笑う。

幸せだった。

この温かさを失いたくない、失ってはならない。

エイミーは、更に胸に誓《ちか》うのだった。

第二章　転機

「あ〜あ、今頃《いまごろ》メグはパーティー三昧《ざんまい》かしら。いいなぁ」

柵《さく》にもたれて、エイミーはぼんやり外を見ていた。

母は軍人支援協会の配給の手伝いに行っていて、ジョーはキャロル伯母《おば》さんの話し相手に行っていていない。

軍人支援協会というのは、元々は南北戦争に従事する兵士たちに暖かい毛布を届けようという女性たちの行動から始まったボランティア団体だ。

その賛同者は続々と増え、今では各地に支援協会が設置されている。

運用は全《すべ》て個人の寄付によって賄《まかな》われ、戦地に毛布を送るのはもちろん、後方支援として病人や負傷者の世話をしたり、従軍している兵士の家族に配給を配ったりしていた。

母のマーチ夫人は、時間のある時はいつもこの軍人支援協会に行って手伝いをしている。

キャロル伯母さんとは四姉妹たちの大伯母で、四姉妹の父の伯母である。

未亡人で自らの子供は赤ん坊の時に亡《な》くしており、夫もおらず足が不自由なことから、ジョーが身の回りの世話をする仕事をしている。

伯母さんは破産していないので、変わらず裕福なのである。

そしてベスは裏庭の花の手入れで忙しく、エイミーは時間を持て余していた。

「美術館でもあれば見に行きたいんだけど」

この時代には、まだニューヨークのメトロポリタン美術館もボストン美術館も存在しない。画廊《がろう》や絵画教室の一角で開かれる展示会を楽しむのがせいぜいだ。

公立の美術館は、フランス革命に際してパリのルーブル宮殿内に保管されていた王室の美術コレクションが国外に流出するのを避《さ》ける為《ため》に、ルーブル美術館が設立されたのが始まりだ。

その後、イギリスのナショナル・ギャラリー、オランダのアムステルダム国立美術館、そしてロシアのエルミタージュ美術館と、美術館の建設は増えているが、アメリカでは南北に分かれて戦争をしている最中なので、美術館どころの話ではない。

「ルーブル美術館に行ってみたいなぁ」

ルーブル美術館にはヨーロッパの大半を支配したナポレオンによってその国から持ち去られた美術品がたくさん収蔵されている。ヴェネチアからはヴェネチア派絵画の『カナの婚礼』、エジプトのルクソール神殿からは『クレオパトラの針』と呼ばれる巨大なオベリスク（記念碑）。ナポレオンが皇帝だった時にはナポレオン美術館などと呼ばれたほど、戦利品としてたくさんの美術品がルーブル美術館に集められた。

エイミーの記憶にある絵美《えみ》は、エイミーと同じようにお金に余裕のない生活をしていたから、学生割引を使って三百円で鑑賞できる家の近くの市営美術館しか行った事がなかった。

何年かに一度、大都市で開かれる『ルーブル美術館展』も、いつかは行きたいと思っていたが、結局一度も行けた事はない。

画家になりたかった絵美にとって、前世の時からルーブル美術館は憧《あこが》れなのである。

「メグがパーティーでお金持ちの旦那《だんな》様をゲットしたら、出世払いで返すから、私の留学費用を払ってくれないかしら」

きっと今頃メグはパーティーで注目されているだろう。

ドレスはちょっと古いかもしれないが、花飾《はなかざ》りをつけて豪華になっているし、保湿クリームのおかげでいつものメグよりも綺麗《きれい》になっているはずだから、男性陣の熱い視線を浴びているに違いない。

お金持ちになりたいメグならば、きっと裕福な男性を捕まえるだろう。

エイミー自身は結婚によってお金持ちになりたいとは思っていない。

この時代で女性がお金を稼《かせ》ぐのは大変だが、エイミーは画家として大成して、自分のお金で贅沢《ぜいたく》がしたいのだ。

それは、絵美だった頃からの夢だった。折角生まれ変わったのだ。その夢も、できるならば叶《かな》えたい。

贅沢といっても豪華な宝石が欲しいわけではない。

ただ欲しい画材を買えるとか、たまに好きな物を思う存分食べられるとか、そんなささやかな贅沢で良かった。

柵にもたれたままのエイミーの頬《ほお》に、少し春めいた風が当たる。

春になって芽生《めば》えた若草の香りが、エイミーの鼻をくすぐる。目を閉じると、小鳥たちが可愛《かわい》らしくさえずり、さわさわと葉擦《はず》れの音が聞こえてきた。

絵美の住んでいたところにも緑はあったが、もっと雑多な音に囲まれていた。

車、という鉄の箱でできた乗り物の音。空を飛ぶ大きな鳥のような飛行機が通り過ぎる音。そして歩きながら遠くの人と話をする人たち。

（スマホ、といったかしら。あんな風に遠くの人とお話ができたら、お父様の声もすぐに聞けるのに）

エイミーたちの父は、牧師として従軍している。それはとても素晴らしい仕事だと思うが、戦場にいるのだと思うととても不安だ。

スマホのようにすぐに声を聞く事ができれば、父の帰りを待っている家族全員が安心するだろう。

（電報だと、すぐに知らせが来るわけじゃないものね）

遠方からの連絡は電報で来るが、届くまでに時間がかかるため、訪問の知らせよりも先に本人が到着してしまうという事がよくある。

せめて固定電話があればと思うが、お金持ちのローレンスさんの家にもないので、まだ発明されていないか、出回っていないのだろう。

絵美の時には当たり前にあった物がまだこの時代には存在しない事も多く、不便だなぁと思う。

（色々工夫《くふう》していけばいいわ）

せっかく前世の知識があるのだから、それを生《い》かして快適な生活を手に入れればいい。そうして皆を幸せにすることこそが、己の使命なのだ。

エイミーは前向きに考えると、深呼吸をする。

まだ十二歳。可能性は無限に広がっている。

「あら……？」

向かいの家から二頭立ての立派な馬車がやってきた。

ローリーのお祖父《じい》さんのローレンス氏だ。

「こんにちは、ローレンスさん。いいお天気ですね」

エイミーが朗《ほが》らかに挨拶《あいさつ》をすると、ローレンス氏はわざわざ馬車を止めて帽子《ぼうし》を取る。

「やあ、こんにちは」

「どこかへお出かけですか？」

「少し、街へね」

エイミーは自分では気がつかなかったけれど、とても羨《うらや》ましそうな顔をした。

それを見たローレンス氏は、ふむ、と白いあごひげに手を当てる。

「そういえば、エイミーさんは絵がお好きだったかな」

「ええ、大好きです！」

「わしの知人がギャラリーをやっていてね。どうしても見に来て欲しいと言われたから出かけるんだが、もし良かったら一緒にどうかな」

「いいんですか」

こんな素晴らしい機会は滅多《めった》にない。エイミーは両手を頬に当てて喜んだ。そしてローレンス氏の気が変わらないうちに、と、急いで母の許可を取る。裏庭で庭いじりをしていたベスも誘ってみたが、ベスは首を横に振った。その代わり、ローレンス氏がいない屋敷でピアノを弾《ひ》いても良いと言われて喜んでいた。

ベスは内気で病弱だが、ピアノが好きだ。彼女を死なせないことはもちろん、その道で成功させることも自分にできることなのかもしれない。

とはいえ、今は急いで薄手のコートとくたびれたボンネットを手に取り、ローレンス氏の馬車に乗る。

乗合馬車とは全く違う乗り心地に、エイミーはご機嫌《きげん》だ。

あの乗合馬車ほど凶悪なものはなかなかない。上下に跳ねる木の板の上に腰をかけるのだ。ある種のおしおきである。

ローレンス氏の馬車が揺れないわけではないが、柔らかいクッションがあって快適である。

移動手段ということに関しては人類の努力には感心する。

そのくらい馬車の乗心地は悪かった。

絵を見に行くなら何にでも耐えるが。

エイミーは改めて頭を下げた。

「本当にありがとうございます。あの、ギャラリーではどんな絵を展示してあるんですか？」

「詳しくは聞いていないが、びっくりするような作品らしい」

ローレンス氏はいつも怒っているような厳《いか》めしい顔をしているが、マーチ家の人間は、彼が本当はとても親切で優しい人だと知っている。

絵美は祖父母に育てられたので、その記憶を思い出したエイミーは、今までよりももっとローレンス氏の事が好きになっていた。

「わあ、楽しみです」

びっくりするような作品というのはどんなものだろうと胸をときめかせながら街へ向かったエイミーは、ギャラリーに到着して驚いた。

そこに展示されていたのは、絵ではなくたくさんの彫刻《ちょうこく》だった。

「やあジェームズ。元気そうじゃないか」

「チャールズ、君もな」

ローレンス氏はギャラリーの奥から出てきた紳士と固く握手《あくしゅ》を交《か》わした。

チャールズと呼ばれた紳士《しんし》は、ローレンス氏の後ろにいるエイミーに目を留めて
「おや、これは可愛《かわい》らしいお客さんだ」とウインクをした。

「わしのお向かいに住んでいるマーチ家のお嬢さんでな。エイミー・マーチ嬢だ。こちらはわしの友人で画商のチャールズ・カーステアズ。いずれエイミー嬢が世話になるかもしれんよ」

エイミーは行儀《ぎょうぎ》よくスカートの裾《すそ》をつまんでお辞儀をした。

「エイミー・マーチです。初めまして、カーステアズさん」

金色の巻き毛にぱっちりとした青い目のエイミーはとても可愛らしい。

画商のカーステアズは「おや、お嬢さんは芸術家なんだね。よろしく」と機嫌よく返事をした。

「それなら君にちょうど見せたい作品があるよ」

おいで、と言われて見に行ったのは軍人の胸像だ。エイミーには特に変わっているようにも見えないが、とても高名な軍人なのだろうかと考える。

「これは誰《だれ》の胸像なんだね」

首を傾《かし》げているエイミーの代わりにローレンス氏がカーステアズに尋《たず》ねる。

「ショー大佐を知っているかね」

「第五十四マサチューセッツ歩兵連隊の、ロバート・グールド・ショー大佐かい？」

エイミーもその名前は知っている。南部との戦争はますます激しくなり、新聞では戦況が詳しく報じられていた。

ショー大佐は白人だが、自由黒人による部隊の隊長で、連日華々しい成果を上げていた。

自由黒人というのは仕事の為にアメリカに来た黒人や、主人から解放されたり仕事を辞めたりした黒人、白人やネイティブ・アメリカンとの間に生まれた子供や逃亡奴《ど》隷《れい》などの事を言う。

南部の同胞を奴隷から解放しようとする、勇猛果敢《かかん》な彼らの活躍《かつやく》によって、最初は劣勢《れっせい》だった北軍が少しずつ優勢になっていったのだ。

「そう、彼だよ」

「新聞で見る写真よりもずっと若く見える」

「実際に若かったからな。まだ二十六歳だった」

「そうか。立派《りっぱ》な若者だった」

北軍の英雄であるショー大佐は、ワグナー砦《とりで》の戦いで戦死してしまった。その人気は今も高く、彼の胸像を家に飾る者は多い。この胸像もそれで作られたのだろうとエイミーは思った。

「しかし、特に驚くような作品は見当たらないが」

ローレンス氏はギャラリーの中を見回した。

ちょうどローレンス氏の屋敷に飾るのに良さそうな彫刻がたくさん展示してあるが、特別目を惹《ひ》く作品があるようにも見えない。

「君の目の前にあるじゃないか」

「これが？」

カーステアズがショー大佐の胸像を指す。

ローレンス氏とエイミーはどこが特別なのだろうかと胸像を眺《なが》めたが、さっぱり分からない。

「この展示はエドワード・オーガスタス・ブラケットの作品がメインなんだが、これはその弟子《でし》の作った物なんだよ。ちょっと待っててくれ」

そう言って奥に行ったカーステアズは胸像の製作者を連れてきた。

「どうだい、作者のエドモニア・ルイスだ」

「なんとまあ」

ローレンス氏が驚いたように声を上げる。

エイミーも驚いて口が開いてしまった。

なぜならエドモニア・ルイスは黒人で、しかも女性だったからである。

「驚いただろう。彼女は黒人と先住民の娘なんだ」

黒人と白人の間に生まれる子供は多いが、ネイティブ・アメリカンというのはとても珍《めずら》しい。

エイミーは、きっとエドモニアの両親が結婚するまでの間には、素晴らしいロマンスがあったに違いないと思った。

「確かに驚いたよ。なぜ彫刻を？」

ローレンス氏の疑問に、エドモニアは何でもないように答える。

彼女はいつも彫刻の素晴らしさではなく、出自の方に注目されるのに辟易《へきえき》していたのだろう。言葉遣いは丁寧《ていねい》だが、とてもぶっきらぼうな態度だった。

「息をするのに理由がいりますか？」

芸術家がなぜ作品を作るか。

それは魂が自己の表現を求めているからだ。そしてその手段が彫刻であったに過ぎない。

エイミーもまたその気持ちがとてもよく分かるので、納得して頷《うなず》いた。

——でも……

「これ、そんな口をきくでない」

「……失礼しました」

カーステアズの叱責《しっせき》に、エドモニアはぷいと横を向く。

知的な黒い瞳《ひとみ》がエイミーと交《まじ》わる。

ネイティブ・アメリカンの血も引いているからだろうか。エドモニアの顔立ちは荒々しくなく、気取っているでもなく、エイミーに親しみやすさを感じさせた。

エイミーは若い芸術家に敬意を表して、カーステアズにしたのと同じようにお辞儀をした。

「こんにちは。エイミー・マーチです」

「よろしく、お嬢さん」

そうした丁寧な挨拶を受ける事はあまりないのだろう。エドモニアは戸惑《とまど》ったように視線を揺らした。

「これは新古典主義の作品なんですね」

エイミーが胸像の感想を言うと、エドモニアは「おや？」という顔をした。

それまでの装飾的で官能的なバロックやロココと違い、重厚でありつつ洗練されたギリシア美術を模範とする新古典主義は、アメリカ人から絶大な支持を受けた。

新古典主義は英雄や神話をモチーフとする作品が多い。

それらはヒーローを望むアメリカ人の気質にぴったりとマッチしていたのだ。

「お嬢さんも彫刻をやるのかい？」

「エイミーと呼んでください。いいえ、私は絵の方なんです。まだ勉強中ですけど」

「ああ。絵もいいね」

「ではなぜ彫刻を？」

エイミーはわざとさっきのローレンス氏と同じ質問をしてみた。

エイミーは厳《いか》つい顔をした隣人が大好きなのだ。だからあんな風な態度を取られるのはおもしろくない。

エドモニアは一瞬目を丸くして、それから耐《た》え切れないように笑った。

「これは一本取られた。確かに私の態度はあまり良くなかったね。申し訳ない、えーと……」

「ローレンスさんよ」

「申し訳ない、ローレンス氏」

エドモニアはローレンス氏に頭を下げると、エイミーに向き直った。

「私はね、両親が病気で死んでしまってからアニシナアベ族の伯母の所で生活していたのさ。そこで土産物《みやげもの》を売ったりしてね。私がそこら辺の木を彫ってつくった土産物を、白人がわざわざ買っていくのが愉快《ゆかい》でたまらなかった。だからだろうね、もっと凄い物を作って、皆をあっと驚かせたいと思った」

そう言ってエドモニアはなめらかな胸像の表面を指でたどる。

「今はまだ、物珍しさで評価されているんだろうって分かってる。でも、いつか必ず、作品だけで私という存在を世界に認めさせてやるんだって思ってるよ」

エイミーはエドモニアの彫刻への情熱を聞いて、果《は》たして自分にこれほどの覚悟があるのだろうかと思った。

そもそも女性が芸術の道を志《こころざ》すというのはかなり厳しい。

エイミーがまだ学校に通っている頃に「画家になりたい」という夢を語った時には「女が画家になるなんてとんでもない」と非難されたものだ。

女性は常に男性を立て、穏やかで温かい家庭を作らなければならない。

それがこの時代の考え方だからだ。

もちろんエイミーだっていつか素敵な王子様が腕いっぱいの薔薇《ばら》の花を抱えてプロポーズしてくれないだろうかという、乙女《おとめ》らしい夢は持っている。

それでも画家になる夢の方が大きかった。

（こういうところ、私とジョーは似ているのかもしれない）

女性の自立などとんでもないと考える風潮《ふうちょう》において、ジョーが目指すのは才能さえあれば夫に養《やしな》ってもらわなくてもいい小説家だ。

エイミーはジョーほどの強い自立心を持っているわけではなかったが、それでも「誰かの妻」になるよりも「画家という職業」を目指したい。

そして目の前には「女性」で、しかも「黒人」の彫刻家がいる。まるでこれからのアメリカの未来を体現したかのような存在だ。

エイミーはエドモニアをとても眩《まぶ》しく感じた。

「素晴らしいわ。エドモニアさんの成功をお祈りします」

金髪の巻き毛に大きな青い瞳という、いかにも白人といった様子のエイミーに尊敬のまなざしを向けられて、エドモニアはまんざらでもないように顔をほころばせる。

ローレンス氏はとても保守的な考えの持ち主ではあるが、芸術の分野に女性が進出するのは良い事だと思っていたので、エイミーとエドモニアが親交を深めるのを温かく見守っていた。

エイミーはエドモニアの他の作品も見せてもらった。神話をモチーフにするのが好きらしく、作品のほとんどが古典的だ。

その中に一つだけ雰囲気《ふんいき》の異なる作品があった。

小さな木彫《きぼ》りのウサギだ。

「それはナナボーゾという」

「ナナボーゾ？」

「そう。なんと言ったらいいか……北欧《ほくおう》神話を知っている？」

「少しなら」

エイミーの記憶にはないけれど、一時期神話のモチーフを描くのにハマっていた絵美の記憶には何となく残っている。

「ナナボーゾは北欧神話に出てくるロキに似ている」

ロキは良い事をする時もあれば悪い事をする時もあるといういたずら好きの神様だ。

「いたずら好きなの？」

「そう。とても」

白い歯を見せて笑うエドモニアに、エイミーも笑う。

いつの間にかローレンス氏とカーステアズは別の作品について話をしており、エイミーたちの近くにはいなかった。

「これだけ値段が安いのね」

「土産物と変わらないから。だけど先住民の歴史は私のルーツなので、どうしてもこの初めての作品展に出品したかったんだ」

なるほど、と思ったエイミーは木彫りのウサギをじっくりと見た。

あまり精巧な作りではない。だが粗削《あらけず》りな中に心惹《こころひ》かれる物がある。

「私は好きだわ」

エイミーは、ふとそのウサギに既視感《きしかん》を覚えた。

どこで見たのだろうかと考える。

エイミーの脳裏《のうり》に前世で住んでいた祖父の家が思い浮かぶ。

建付けの悪い引き戸をくぐると、少し埃《ほこり》っぽい空気が流れてきたあの家。古ぼけた障子《しょうじ》に色あせた畳《たたみ》。

勉強机代わりにしていたちゃぶ台の横に置いたカラーボックスの上に飾られた、学校の近くの骨董店《こっとうてん》で投げ売りをされていた木彫りのウサギ。

（そうだわ、絵美が持っていた）

可愛らしいウサギの木彫りだというのに、彫り方が荒々しく、そのギャップがおもしろくて買ったのだ。

（見れば見るほど、あのウサギに似ている……）

こんな偶然があるだろうか。

時と場所を越えて、奇跡のように、エイミーと絵美の、過去と現在が繋《つな》がる。死の間際《まぎわ》に見た、青い光を思い出す。あれは、このウサギが発していなかったか。

もしかしたら、いたずら好きというこの神様こそが、気まぐれで絵美をエイミーとして生まれ変わらせてくれたのではないだろうか。

自分が欲した家族の温かみと幸せを感じさせてやる代わりに、女性として自立したいという希望は、この厳しい時代でも手にしたエドモニアのように、自分で叶《かな》えてみせろ、と。

かつてない程に、どうしても手に入れたい、手に入れなければならないのだという焦燥感《しょうそうかん》がエイミーを襲った。

それは今まで感じた事のないくらいの強い思いで、エイミーの感情の全てを支配した。

だが安いといっても展示会で販売されるような作品だ。到底エイミーに出せる金額ではない。

メグはよく欲しいものが買えないと嘆《なげ》いていたが、今ならばその気持ちがよく分かる。

昔ならば気軽に買えた物が、お金がなくて手の届かない存在になっているというのはとても辛く悲しい。

一度手に入れた喜びを知っているから、なおさら。

「そんなに気に入った?」

ナイアガラの滝のふもとで売っていた土産物とそう変わらないナナボーゾを真剣に見ているエイミーの肩に、エドモニアはそっと手を置いた。

「ええ。とても」

彫刻から目を離さないエイミーを見て、エドモニアは何かを感じたようだった。

「ではこれは、あなたにあげよう」

「えっ」

「他の彫刻と同じように作ったつもりだったけど、この作品とあなたには何か特別な物を感じる。きっと『大いなる神秘』があなたとこの彫刻を繋いだのだろう。私もあなたも、そしてナナボーゾも、全ては『大いなる神秘』の意のままに生かされているのさ」

エドモニアは畏怖《いふ》をもって『大いなる神秘』の名を呼んだ。おそらくネイティブ・アメリカンにとっての神のような存在なのだろう。

今までの敬虔《けいけん》なキリスト教徒であるエイミーにはエドモニアのその考えは理解できなかっただろう。だがここにいるのは、日本人の橋本《はしもと》絵美の記憶を持つエイミー・マーチだ。

この巡り合わせが、エドモニアの言うように偶然ではなく必然なのだと思った。

それから二人は色んな話をした。全く違う人生を送ってきた二人だが、芸術への情熱という点で結ばれていた。

「そうね、いつかはサロン・ド・パリで入選する画家になりたいわ」

「エイミーはいいね。彫刻で入選するのはなかなか厳しい」

サロン・ド・パリというのは、フランスの王立絵画彫刻アカデミーが十八世紀からパリで開催《かいさい》するようになった公式美術展覧会の事だ。

エイミーの記憶から受賞者を思い出すと、ここ数年は審査員の半分が画家になっている為、絵画ばかりが入選している。

「去年の入賞はジャン・フランソワ・ミレーって……、あの落穂拾《おちぼ》いのミレー？」

「知っているの？」

「あ、ええと、そうね。名前だけは聞いた事があるわ」

フランスのバルビゾン村やその周辺の自然主義的な風景画や農民画を写実的に描いたバルビゾン派の代表と呼ばれたミレーは、まだこの時代には無名の存在だ。

絵美が好きだったモネやルノワールなどの印象派の画家も、これから有名になっていく。

（そういえば、ルノワールの「ピアノに寄る少女たち」って私たち姉妹みたい）

ピエール＝オーギュスト・ルノワールの代表作ともいえる「ピアノに寄る少女たち」はほぼ同じ構図で五枚描かれたと言われている。

ピアノを弾いている少女はほぼ同じだが、その横で見守っている少女の姿はそれぞれ違っていて、思い返せば、メグ、ジョー、エイミーに似ているような気がする。

（私たちをモデルにした絵を描いてみたい）

今までエイミーは、漠然と画家になりたいと思っていたが、特にこれが描きたいという強い気持ちはなかった。

だが自分たち四姉妹の姿を絵に残したいと強く思った。

絵美の頃は叶わなかった画家の夢。

もしかしたら手が届くかもしれないと思うだけで、胸が躍《おど》る。

「エドモニアも、あなたの作品ならきっと、入選するわよ」

美術界は大騒ぎになるだろう。想像すると、なんとも愉快だ。

「どうだろう……。良い作品を作る自信はあるけど、私の肌は黒いから……」

エドモニアは眩しそうに目をすがめてエイミーを見る。

輝くような金髪で海のような青い目を持つエイミーは、アメリカに住む白人の象《しよう》徴《ちよう》のようだった。

「そんなの芸術には関係ないわ」

自分をここに導《みちび》いてくれたかもしれない作品を作ったエドモニアに、そんなことで弱気になって欲しくなかった。

そう言ったエイミーは、きょろきょろと会場内を見て、ローレンス氏たちが近くにいないのを確かめてから声を潜《ひそ》めた。

「今の第十六代合衆国大統領のエイブラハム・リンカーンは知ってる？」

「もちろん。それがどうしたの」

「四十四代目の大統領は黒人よ」

「まさか！」

エドモニアは黒い目を丸くして驚いた。

奴隷から解放されたといっても、まだ黒人に対する差別は残る。

画家や彫刻家のように才能を必要とする職業ならばともかく、高度な学識を必要とする大統領に黒人が就任するなど、エドモニアにしてみれば冗談《じょうだん》にしてもありえない。

「信じられないのは当然だけど、本当よ。世界は変化するの。変わらない物なんて、きっと何一つないんだわ」

エドモニアはエイミーがふざけているのかと、探るように青い目を見つめる。

空を映す海の青は、凪《な》いでいた。

「信じるよ。エイミーは『大いなる神秘』に愛されている特別な子だから」

「私にはそれが何かは分からないけど、エドモニアの神様なんだったら、きっとあなたも愛されているのだと思うわ」

エドモニアの顔がゆるりとほころぶ。

「そうだね。……きっと、そうだ」

それからローレンス氏が迎えに来るまでの間、二人はまるで本当の姉妹のように楽しく語らった。

第三章　家族

その週の土曜日、アニー・モファットの家に遊びに行っていた長女・メグが帰ってきた。

少し疲れたような顔をしているが、エイミーの渡したクリームの効果なのか、その肌は輝くばかりに美しい。

エイミーの考えた花のドレスはとても好評だったようだが、さすがに二週間の滞在だったので、帰ってきたばかりのメグは疲れていてすぐ部屋に行ってしまって詳しく話が聞けなかった。

翌日は母に買ってもらった、四姉妹《しまい》で色違いになっているお揃《そろ》いの聖書を持って日曜礼拝に行った。

礼拝の後は教会で軽い昼食がふるまわれるので、その手伝いや後片付けなどを終えると、ゆっくり話が聞けたのは、夕飯の後のひと時だった。

「メグ、パーティーはどうだった？」

エイミーがわくわくしながら聞くと、メグは肩の力が抜けたような顔で、じっと耳を傾けている家族たちを見回した。

「とても素敵だったわ。まるで夢の国にいるみたいだった。皆とても親切だったの。それにね」

そう言ってメグは言葉を止めてエイミーを見た。

「私の使っているクリームも大評判だったの。皆から分けてちょうだいって言われるのを断わるのが、本当に大変だったわ」

「クリームが安定して作れるようになるまで、他の人にあげられるだけの量はないものね」

傷や肌荒れに塗《ぬ》るワセリンはすぐに手に入るが、オリーブオイルが難しい。

アメリカ合衆国は移民の国で、マーチ家のある辺りは、元々イギリスの清教徒たちが宗教の自由を求めて移り住んだ場所である。

その後、アイルランドやドイツ、そしてイタリアからの移民たちが続々と新天地を求めてアメリカへとやってきた。

イタリア人たちにとってオリーブオイルはなくてはならないものだ。輸入量は段々増えてきてはいるものの、安価とは言い難《がた》い。

お隣のローレンス家はお金持ちなのでオリーブオイルを使っていれば少し安く分けてもらえたかもしれないが、ローレンス氏がイタリア嫌いなので、あまり使っていないらしい。

今回はたまたまキャロル伯母《おば》さんが譲ってくれたオリーブオイルが家にあったから作る事ができたが、日常的に使うとなるともっと量が必要になる。

(ローレンスさんかキャロル伯母さんに話して、商品として開発することはできないかしら)

メグの肌がこれだけ綺麗《きれい》になったのだ。需要《じゅよう》はたくさんあるだろう。

女性は美しくなる事に対しては、お金を惜《お》しまないものだから。

「そしてあのドレス! エイミーが綺麗なお花をつけてくれたでしょう。踊《おど》る度《たび》に花が咲いているようだって、注目の的だったわ。アニー・モファットの最新のドレスにも引けを取らなかったのよ」

メグは最初、アニーの新しいドレスに比べて古い自分のドレスに引け目を感じていた。だが一度ダンスを踊ると、ドレスに縫《ぬ》いつけた花がふわりふわりと花開くようで、とても美しかったそうだ。

特にターンの時の可憐《かれん》さは、メグの美しさも相まって、感嘆《かんたん》の声が上がったのだと言う。

「約束通りローリーが花を贈《おく》ってくれたから、それは髪に差して飾《かざ》ったの。そしたら、まるでアフロディーテのようだって」

頬《ほお》を染めるメグに、エイミーは目を輝かせる。

「まあ、それは誰《だれ》が言ったの？」

「ネッドよ。アニーのお兄様で大学生なの」

という事は、十六歳のメグとそんなに年が離れてはいない。

それにメグをローマ神話のヴィーナスではなく、ギリシア神話のアフロディーテと呼ぶのも洒落《しゃれ》ているではないか。

エイミーは未来の義兄候補に、まずまずの及第点《きゅうだいてん》をつけた。

（メグはこんなに綺麗なんだもの。お金持ちと結婚して幸せな生活を送って欲しい）

「実はパーティーにはローリーも参加したの」

「ローリーが？」

聞き返したエイミーがジョーの様子を見ると、澄《す》ました顔で話を聞いている。

どうやらジョーは既《すで》にその事を知っていたらしい。

「ジョーに頼まれて、私の様子を見に来たんですって。思ったよりも楽しんでるみたいで良かったって言われたけど、ローリーはああいうパーティーが嫌いなのね。一曲踊ったら、すぐに帰ってしまったわ」

「メグが羽目《はめ》をはずす様子もなくて、安心したって言ってたよ」

まるで男の子のように、ジョーは脚を組んで片足をぶらぶらさせた。

母親にお行儀《ぎょうぎ》が悪いと注意されても、態度を改めようとはしない。

母のマーチ夫人は困った子ね、という顔をしたがそれ以上何か言うことはなかった。

「そうねえ。もしエイミーのドレスがなかったら、とてもみじめな気持ちになって、他の子たちと一緒にばか騒ぎをしていたかもしれないわ。でも皆が手伝ってくれた素敵なドレスを見ると、そんな気持ちはちっとも起こらなかった」

そしてメグは思い出し笑いをする。

「だって、ねえ信じられる？　アニーたちは髪の毛を縮れさせたりカールさせたりするのよ。そして首と腕にいい匂《にお》いのする白い粉をはたくの。そしてね、唇《くちびる》には珊瑚《さんご》から作ったリップを塗って色をつけるの。私、思わずジョーの壊した珊瑚のブレスレットも材料になるのかしらなんて思っちゃったわ」

この頃《ごろ》のアメリカ合衆国のいわゆるセレブの子供たちの間では、そうして自分を着飾ることが流行していた。

「メグはそんなのつけなくてもピンク色の唇をしているわ」

エイミーが思わずそう言うと、メグは「ありがとう、エイミー」とお礼を言った。

「それにあの子たちのドレスときたら、胸元がすごく開いているの。私にも、もう着なくなった青いシルクのドレスを貸してくれるって言ってくれたんだけれど、あれは……ちょっと、淑女《しゅくじょ》としてどうかと思うわ」

シルクのドレスに一度も袖《そで》を通した事のないエイミーも、さすがにそんな胸の開いたドレスは遠慮《えんりょ》したい。

もし同じようなパーティーに誘われてドレスを貸してあげると言われたとしても、絶対に断ろうと思った。

メグは道徳にうるさい母に怒られるのではないかとチラチラと視線を向けたが、マーチ夫人は穏《おだ》やかに微笑《ほほえ》んでいるだけだった。

四月とはいえまだ夜は少し冷えるので、暖炉《だんろ》には火がついていて、薪《まき》のはぜる音が聞こえる。

暖炉の火に照らされて、四姉妹と母の影がゆらゆらと揺れる。

何も話さなくても居心地の良い空気に、誰もが満足感を覚えていた。

メグは時折聞こえるパチパチと薪のはぜる音に耳を傾けると、ほう、と息を吐いた。

「パーティーはとても楽しかったけれど、やっぱり家が一番だわ。とても落ち着くもの」

「あなたがちゃんと分別のついた行動をしてくれて嬉《うれ》しいわ。あんなに立派なお宅へ行った後では、我が家がつまらなく思えてしまうんじゃないかと心配だったの」

思いもよらない母の言葉に、メグは「まあ」と驚いて口に手を当てた。

そして少し考える風にしてから、ゆっくりと自分の考えを大切な家族たちに伝える。

「確かにアニーの家はお金持ちで、皆とても親切だったわ。でも何と言うか……女性は素敵な男性を捕まえるのが一番。誰もがそういう考えを持っていると思ってるみたいだったの」

エイミーは、ある意味それは正しいと思った。

基本的に女性の地位は結婚した相手の男性によって決まる。

貧しい男と結婚したら、毎日の暮らしにも困窮《こんきゅう》する生活に。

裕福な男と結婚したら、余裕のある生活に。

未来の絵美《えみ》の時代でも、それは変わらない。

ただそれは、女性が自立していない場合だ。

「はっ。そんなの馬鹿げてる。これからは女性だって自立する時代だよ」

作家として名を上げたいと考えているジョーは、肩をいからせて声を荒らげた。

ジョーとはあまり気の合わないエイミーだが、この件に関しては全面的に同意する。

だが保守的な考えのマーチ夫人はそうではなかった。

「私はあなたたちに身も心も美しい、善良な人になって欲しいと思いますよ。賞賛され、愛され、尊敬されるようにね。そして幸せな青春時代を送って賢明な結婚をし、何の苦労もなく楽しい人生を送って欲しい」

マーチ夫人は慈愛《じあい》の目で四姉妹の顔をゆっくりと見回した。

暖炉の火に照らされた四つの顔は、部屋の暖かさからではなく火照《ほて》っている。

「もちろん立派な男性に愛され妻として選ばれるという事は、女性にとって一番素晴らしい事です。けれどもそういう人の目に留まりたいという理由だけで有名になりたいというのはおかしなことだし、相手のお金や肩書きだけを目当てに結婚したりするのはいけないと思いますよ。もちろんお金がなければ生活ができないけど、それに振り回されてはだめ。母親としては、あなたたちがお金持ちと結婚して自尊心も心の平和もない女王様のような生活をするより、たとえお金がなくても、あなた自身を大切にしてくれて幸せな結婚生活を送れる人を結婚相手として選んで欲しいわ」

子もいたわ」
「でも、貧乏な家の娘は積極的にアピールしないと結婚なんてできないって言ってた
ため息をつくメグは女優になれそうなくらい美しい。
エイミーは、母親の言うことはもっともだが、本当にそうなのだろうかと考える。
確かにこの時代の感覚で言えば母が正しいのであろう。
でもエイミーはこの先の未来を知っている。
そこでは職業選択《せんたく》の自由があったし、もちろん女性の参政権もあった。
女だから、と、結婚して家庭に入るのが全《すべ》てではない。
ジョーは小説家として自立しようとしている。エイミーも画家になりたい。三女の
ベスは音楽好きなのを生かしてピアニストに、メグはその美貌《びぼう》を生かして女優になれ
ばいいのにと思う。
女性の自立にはまだまだ理解が得られない。
だがエイミーたち四姉妹で、その価値観を変える事ができるのではないだろうか。
エイミーはエドモニアの事を思い出す。黒人で女性の彫刻家《ちょうこくか》。自分だけの力で、未
来を切り拓《ひら》こうとしている。
エイミーたちは彼女よりも、白人であるという一点だけで、アドバンテージを得ら

れているのだ。困難な道だから進みたくないとは、とても言えないし、言いたくない。

（もしかしたら私がこの時代に転生したのは、その為だったのかもしれない）

もちろん物語のようにベスを死なせたくないというのは、温かで幸せな家庭を過ごしたい、という自分の願いとしてある。

だがそれよりも、もっと大きな目的があるからこそ、こうして絵美の記憶が蘇《よみがえ》ったのではないだろうか。

（女性の地位の向上を目指すなんて事はできないかもしれないけど、私たちがやりたい事で成功すれば、それはこの時代の女の人たちに希望を与えるんじゃないかしら）

エイミーは、それこそが絵美の記憶を思い出した理由なのではないかと心を震わせた。そしてそうすることこそが、無念の内に命の灯《ともしび》を消した絵美のためにもなるのではないだろうか。

「私はそこまでして結婚したくないから、ずっとおひとり様でいいわ」

自分の未来を宣言《せんげん》するかのように、ジョーが立ち上がって拳《こぶし》を振り上げる。そして皆から注目を浴びているのに気付くと、茶目っ気たっぷりに舌を出して大人しく席についた。

「お金持ちで魅力的な男性は多くの女性から結婚相手に望まれるでしょうから、相手の気を引くためにならないといけないというのも分かるけれど……。結婚はゴールではなくてスタートなのよ。相手のお金や地位だけしか見ていなくて不幸な結婚生活を送る事になるなら、独身のままの方が幸せでしょうね」

マーチ夫人は不安そうに瞳《ひとみ》を揺らせるメグを優しく抱きしめた。

「でも貧しいから積極的にならないと結婚相手を見つけられないなんて事はありません。私の知り合いに子供の頃とても貧乏《びんぼう》だった方がいらっしゃるけど、愛情深くて素敵な方だったから周りが放っておきませんでした。幸せな結婚をして家族にも恵まれ、あなたが心配しているように一人寂《さび》しく老後を送るなどという事にはなりませんでしたよ」

優しく穏やかな声は、話を聞いている四姉妹の耳にすんなりと入ってくる。

エイミーより一つ歳上なのに、ベスはもう遅い時間だからかうとうとしながらも、唇は微笑みの形になっていた。

「結婚というのはご縁ですからね。将来の伴侶《はんりょ》となる相手とは、自然に出会うものです。今はまだそういう相手に出会っていないのですから、この家で今まで通りの生活を送れば良いのではないかしら。いずれ自分の家庭を持った時には、あなたたちなら幸せに満ちあふれた素晴らしい家庭を作ってくれると信じていますよ」

マーチ夫人は再び四姉妹の顔を順番に見回すと、慈愛に満ちた表情で宣言した。

「でもこれだけは覚えておいて、私の可愛い子供たち。私もお父様も、あなたたちが結婚するにせよ独身のままでいるにせよ、どんな時でも相談に乗るし、味方でいるわ。私はあなたたちを誇りに思っているのよ」

「ええ、お母様。大好きよ」

メグがそう言って抱き着くと、ベスもエイミーも、そしてあの意地っ張りのジョーすらも、マーチ夫人に抱き着いた。

「私もよ、お母様」

「もちろん私も！」

「……私だって」

マーチ夫人は子供たちを順番に抱き返すと「さあそろそろ寝る時間よ」と言って子供たちを寝室に送った。

最後に残ったメグが、

「やっぱり我が家が一番ね」

と言うと、マーチ夫人は「分かっていますよ」という顔をして、優しい微笑みを浮かべたのであった。

第四章　ピクウィック・クラブ

本格的な春を迎えると、エイミーたち四姉妹《しまい》は四分割して各自で世話をする事になっている庭の手入れに本腰を入れるようになった。

長女のメグの庭には赤い薔薇《ばら》と紫のヘリオトープ、芳香があるかわいい白い花を枝先に開花させる常緑低木の花木でハーブとしても使えるマートル、そして小さなオレンジの木が植えられている。

次女のジョーは毎年庭を実験場にしている。今年は庭中にヒマワリを植えていて、収穫《しゅうかく》した種はマーチ家で飼っているコックルトップと名付けた雌鶏《めんどり》とその雛《ひな》の餌《えさ》になる。

三女のベスはスイートピー、花は地味だがスパイシーで新鮮な香りを放つミニョネット、初夏にブルーや紫色の穂状の花を咲かせるキンポウゲ科のラークスパー、タツタナデシコとカーネーションの交配により生まれたガーデンピンクス、パンジー、小さな黄色い花をつけて甘いつんとしたレモンの香りを放つサザンウッドなど、昔から人気の良い香りのする花を植えている。

小鳥たちのために ハコべを、猫たちのためにイヌハッカを植えているのはベスの優しさの表れだろう。

四女であるエイミーは庭に、小さくても見た目がとても綺麗《きれい》な東屋《あずまや》を作った。そこにスイカズラや朝顔が蔦《つた》をはわせると、まるで色とりどりのラッパや鈴の飾《かざ》りつけをしているように見える。東屋の下には背の高い百合《ゆり》や繊細《せんさい》なシダなどがバランスよく植えられていて、絵画をそのまま切り取ったかのような美しさであった。

四区画に分かれた庭にはそれぞれの個性がとてもよく表れていて、メイドのハンナに言わせると、誰《だれ》がどの庭の手入れをしているのか一目で分かるらしい。

晴れた日には、そんな風に庭で思い思いにガーデニングをしたり、散歩をしたり、川でボート漕《こ》ぎをすることもあれば、綺麗な花を探してあるいたりした。

雨の日には、四姉妹は家の中で工夫《くふう》して遊んだ。

その一つが「ピクウィック・クラブ」ごっこである。

ピクウィック・クラブというのはチャールズ・ディケンズが一八三六年から連載を始めて、ヨーロッパやアメリカで大ブームを起こした長編小説『ピクウィック・クラブ』に出てくるクラブだ。

主人公のサミュエル・ピクウィックは実業界を引退した富裕な紳士《しんし》で、暇を持て余して旅行中におもしろい物や出来事を見つけて報告しあう、ピクウィック・クラブという会を作った。

会員は他に、女性に目がないトレイシー・タップマン、詩を愛するオーガスタス・スノッドグラス、自分をスポーツ万能だと思いこんでいるナサニエル・ウィンクルの三人。

旅に出たピクウィック氏は行く先々で人を助け、悪をこらしめようとするのだが、あまりに善良すぎる為、かえって悪人の奸計《かんけい》にかかって滑稽《こっけい》な失敗を重《かさ》ねてしまう。それを下町出身のサム・ウェラーという従者が機転をきかせてやり返すという、イギリス版ドン・キホーテともいうべき物語だ。

四姉妹は何度か中断したものの、一年間この「ピクウィック・クラブ」ごっこを続け、毎週土曜日の夜に大きな屋根裏部屋で会合を開いた。

部屋の真ん中にランプを載《の》せたテーブルを置いて、その前に椅子《いす》を三脚並べる。テーブルの上には「ピクウィック・クラブ」を表す「PC」と書かれた四つの白いバッジと「ピクウィック報告書」と書かれた週刊新聞が載せてあって、その新聞には全員で寄稿《きこう》するのが決まりであった。

土曜日の夜七時になると、四人のメンバーは屋根裏部屋に上がり、バッジを身に着け真面目《まじめ》ぶった顔で席に着く。

長女のメグが会長のサミュエル・ピクウィックに扮《ふん》し、文学好きのジョーはオーガスタス・スノッドグラス、丸くてバラ色の頬《ほお》をしたベスはトレイシー・タップマン、そしていつも能力以上の事にチャレンジするエイミーはナサニエル・ウィンクルになりきるのだ。

社長のメグ・ピクウィックが読む新聞には、独創的な物語や詩、地元のニュース、面白《おもしろ》い広告、愉快なアイデアなどが満載で、その中で姉妹たちはお互いの欠点や短所を好意的に指摘し合っていた。

そんなある日。メグ・ピクウィックは、いつもは順番に会員が寄稿した新聞記事を読み始めるのだが、その日は違った。

「本日は号外をお届けする！　なんとナサニエル・ウィンクル氏が画期的なケーキの製法を発明したのだ！　諸君、ウィンクル氏に盛大な拍手《はくしゅ》を！」

メグ・ピクウィックが手で指し示すと、エイミー・ウィンクルは空想の帽子《ぼうし》を取って「ありがとう、ありがとう」と何度もお辞儀をした。

「では発見に至《いた》る経緯をお聞かせ頂きたい」

メグがテーブルの前をエイミーに譲《ゆず》ると、エイミーはナサニエル・ウィンクルになりきって「うぉっほん」とわざとらしい咳《せき》ばらいをした。

もうその時点でおかしくて、ベスはくすくすと笑い声を抑えきれない。

「冬が終わり春が来ると、道のぬかるみを気にしないで散歩ができるものである。そこで私とトレイシー・タップマンは、未知なる……えーと、未知なるヤギ《ゴート》を探して道《ロード》を進んだのであります」

ヤギと道で韻《いん》を踏《ふ》んだセリフに、ジョーがヒュウと口笛を鳴らした。

エイミーは得意げに続きを述《の》べる。

「そして我々は散策の途中でまるでルビーのように真っ赤でおいしそうな苺《いちご》を見つけた次第《しだい》です。そこで私は、新しいケーキを作ろうと思いつきました」

「ケーキ！　へえ、どんなケーキだい？」

ジョー・スノッドグラスがわざとらしくおもちゃのパイプを燻《くゆ》らす振りをするのを、エイミー・ウィンクルはもったいぶって指さした。

「さて、スノッドグラス氏はどんなケーキだと思うかね？」

「はて。苺のジャムを使ったケーキだろうか」

この頃《ころ》のケーキといえば、生地《きじ》を混ぜて型に入れてオーブンで焼くのが主流だった。中にナッツやジャムを入れる事はあったが、素朴《そぼく》な作りのケーキが殆《ほとん》どだ。

表面が白いケーキもあるが、それはシュガー・ウエディングケーキといって、砂糖をベースにしたペーストやアイシングでケーキを綺麗に飾った、結婚式の時にだけ作られる特別なケーキだ。

「さすがは物知りのスノッドグラス氏ですな。しかし、ただ苺を使うだけではございません」

そう言ってエイミーは、メグに新聞を皆の方に広げて見せるようにお願いする。

テーブルの上に置かれたランプの前に立ったメグは、まるで奴隷《どれい》解放宣言を唱《とな》えるリンカーン大統領のように厳《おごそ》かに新聞を開いた。

そこにはエイミーが描《か》いたケーキの作り方が載っている。

「まずボウルに卵を入れて泡だて器でよく混ぜます。次に砂糖を二、三回に分けて入れ、またよく混ぜます。生地が白っぽくなったら粉を少しずつ加えて、切るように混ぜます」

「包丁を使って混ぜるの？」

ギョッとしたようなベスに、エイミーは慌てて否定する。

「そんな風にヘラを縦にして混ぜる、って事よ。刃物なんて危ない物は使わないわ」

エイミー・ウィンクルではなくエイミー・マーチになってしまった事に気づいたエイミーは、こほん、ともう一度咳ばらいをした。

「さて続きを述べましょう。その後はほどよく溶かしたバターを少しずつ垂《た》らして混ぜ合わせます。生地が出来上がったら型に流して、オーブンで焼きます。ここまでは普通のケーキとそう変わりません」

「そうだね、苺の出番がない。上に飾るだけじゃ、おもしろくない」

ジョーの合いの手に、エイミーは「ごもっとも」と頷《うなず》いた。

「さて、焼き上がったケーキを型から出したら、台の上に置いて粗熱《あらねつ》を取ります。その間に生クリームを作るのです」

「おいしそう」

ジョーとベスは、想像しただけで食べたくなるとはやし立てた。

「静粛《せいしゆく》に、静粛に！」

会長のメグがテーブルの上を叩《たた》くと、騒いでいた二人は大人しく口を閉じた。

「それで苺はどうしたのかね」

だが大人しくなったのはベスだけで、ジョーはすぐさま騒ぎ立てた。

「まあお待ちなさい。まず苺は粒のまま八個残します。そして残った苺を半分に切ります。ケーキが冷めたところで、この絵のように水平にして、二つに切ります」

ケーキを切るという所でざわめきが起きた。

スポンジケーキは人気のケーキだが、この時代のスポンジケーキはヴィクトリアケーキと呼ばれ、バター、卵、砂糖、小麦粉を同量混ぜた後、スポンジを二枚焼き上げ、そこに苺やラズベリーのジャムを挟んだ物を言う。

エイミーの図のように、ケーキを水平に切って二枚にする作り方など聞いた事がない。

「ケーキが減っちゃうじゃない」

短気なジョーは、もったいぶった話し方をされると癇癪《かんしゃく》を起こしてしまう事がある。

エイミーは「説明するからちょっと待って」となだめた。

「片方のスポンジにクリームを塗って苺をはさんで、もう半分のケーキを載せます。そして全体にクリームを塗って苺を八個載せると……諸君、しばしお待ちを」

そう言ってエイミーは屋根裏部屋から台所に行くと昼間作っておいたケーキを持ってくる。冷蔵庫はないが、氷の入った箱で保管しておいたのだ。

エイミーが屋根裏部屋に戻ると、歓声《かんせい》が上がった。

「まあ、なんて綺麗なケーキなの」

「結婚式でもないのにシュガーケーキ？」

「だから良い匂《にお》いがしていたのね」

メグ、ジョー、ベスがそれぞれエイミーの持ってきたケーキを見て感想を述べる。

「シュガーケーキじゃないわ。ショートケーキというの」

「ペイストリーの生地じゃないのに、ショートケーキ？」

いつも料理の手伝いをしているベスが不思議そうにケーキを見る。

「そうよ、見て」

エイミーはパンナイフでケーキを八等分する。

この時代のアメリカで食べられているショートケーキは、絵美《えみ》の記憶にあるショートケーキとは違って、クッキーとパイ生地の中間のようなペイストリーを二枚焼いて、その間にクリームと苺を挟んでいる物だ。

可愛《かわい》らしい白いクリームに赤い苺のケーキは、少女たちの心を鷲摑《わしづか》みにする。

ピクウィック・クラブごっこの事などすっかり忘れて、手渡されたケーキに夢中になった。

「ふわふわ！　こんなケーキ初めて！」

「うん、これは、なかなかだね。うん、なかなかだ」

「まるでクリスマスか誕生日みたい」

ベスから長女へ至るまで三人三様の感想に、エイミーは思わず忍び笑いを漏《も》らす。

それから自分もフォークを手にしてケーキを食べる。少し甘みが少ないし苺の酸味がきついけれど、それでも絵美が食べていたのと同じケーキの味に、得も言われぬ感動を覚える。

今更《いまさら》ながら実感として、あの冷たい氷の下で思い出した絵美の記憶が、夢や幻《まぼろし》などではなく、本当の事だったのだと確信できたからだ。

「この残りのケーキは食べてもいいの？」

食いしん坊のジョーが残りのケーキに手を出そうとするのを、エイミーは慌《あわ》てて止めた。

「駄目よ。お母様とハンナにあげるんだから」

「あと二つ残ってるじゃない」

「それはローレンスさんの所におすそ分けに行こうと思ってるの」

エイミーとしては、お金持ちのローレンスさんが気に入ってくれれば、また作って欲しいと言われて材料を提供してくれるかもしれないという打算があった。

お年寄りのローレンスさんには甘すぎるかもしれないが、孫のローリーなら大喜びしてくれるに違いない。

その時、屋根裏部屋に置いてある古いタンスの中から物音がした。

「きゃっ、ネズミ?」

一番タンスの近くにいたメグがケーキのお皿をもったまま飛びのく。

「どうしましょう、ネズミがいるわ、ネズミよ!」

パニックを起こすベスをジョーがなだめる。エイミーはとっさに壁に立てかけてあった箒《ほうき》を手に取った。

「ああ、待って。違うの、そうじゃないの。えーっと」

ジョーが頭をかきながら三人の前に出た。

そして小声で「ごめんってば。忘れてたわけじゃないのよ」とタンスに向かって弁解をする。

どうやらタンスの中に隠れているのは、言葉の通じるとても大きなネズミに違いないぞと姉妹は顔を見合わせた。

「ジョー、どういう事なの。説明しなさい」

メグは手に持ったままの食べかけのケーキが載っているお皿を、そっとテーブルに置いた。

「ああ、こんなはずじゃなかったんだけどな」

そう言ってジョーは、艶《つや》のある栗色《くりいろ》の髪を乱暴にかき上げる。

それから「あー、あー」と喉《のど》の調子を確かめるように声を出してから、わざとらしくお辞儀をする。

「諸君。私は皆様に新しいメンバーの入会を提案する次第であります。この栄誉《えいよ》に深く感謝し、クラブの精神と新聞の文学的価値を大いに高めるであろう、陽気で素晴らしい隣人セオドア・ローレンス氏を我がクラブの名誉会員に推薦《すいせん》します」

ジョーがえいっとタンスの扉を開けると、そこにはバツの悪そうなローリーの姿があった。

「ローリー！　いつからいたの？」

非難するメグに、ローリーは眉尻《まゆじり》を下げて弁解する。

「ごめん。予定ではもっとタイミングを見て出てくるはずだったんだけど……」

ローリーの目は物欲しそうにテーブルの上のケーキに注がれている。

「ちょっとタイミングが悪いけど、ローリーも仲間に入れてあげない？」

ジョーの提案に、エイミーは腹を立てた。

ローリーがいないところで相談をするならともかく、こんな風に目の前で頼まれたら、嫌とは言えないではないか。

エイミーはローリーの事が嫌いではないが、それとこれとは別だ。

姉妹だけの特別な遊びに、他人の、それも男の子を仲間に入れてあげるというのは、抵抗があった。こんな幸せを前世では味わったことがなかったから、狭量になってしまっているのだろうか。

だがエイミーがローリーを傷つけないように言葉を選んで反対意見を言う前に、ベスが賛成してしまった。

「賛成します。懸念《けねん》する事があるにせよ、そうすべきです。いつも一緒に遊んでいるのに、この遊びだけ仲間外れにするのは良くないと思います。もしお望みなら、彼のお祖父《じい》様もお招きするべきではないでしょうか」

いつもは大人しいベスがはっきりと意見を言うのに、三姉妹だけでなくローリーも驚いた。

おそらく最後の一言がベスの本音だろうが。

亡《な》くなった孫娘が使っていたピアノを自由に弾《ひ》かせてくれるローレンス氏の事が、ベスは大好きなのだ。

ジョーはベスとしっかり握手《あくしゅ》をすると、テーブルの前に立った。

「では決を取ります！　賛成の方は手を挙《あ》げて！」

ジョーもベスも、メグまでもが手を挙げるので、エイミーは手を挙げざるを得なくなった。

そうしてローリーは晴れてマーチ家の屋根裏部屋の仲間になった。

ディケンズのピクウィック・クラブのメンバーは四人なので、ローリーはピクウィックの従者であるサム・ウェラーを名乗る事にした。

現実では彼女たちよりも裕福であるローリーが、貧困層出身のサムを名乗るというのは、なかなか皮肉が利《き》いている。

それもまた四姉妹を面白がらせた。

「私はこのような名誉を与えてくださる皆様への感謝の気持ちとして、隣国間の友好を促進できるよう、庭の隅《すみ》にある垣根に私書箱を設けました。扉には南京錠《なんきんじょう》をつけ機密性を保持した、立派な物です。元はツバメの住処《すみか》だったのですが、入り口をふさぎ屋根が開くように致しました。手紙、原稿、本、走り書きの紙の束を入れる事ができて、それぞれのメンバーが一人一個の鍵《かぎ》を持っているので、非常に素晴らしい物になると思います。これがその鍵です。以上を持ちまして、私、サム・ウェラーの皆様のご厚情への感謝の言葉とさせていただきます。深くお礼申し上げます」

ローリー・ウェラーが小さな鍵をテーブルの上に置くと大きな拍手が起こった。

ジョーなどはウォーミングパンを鳴らして大興奮だ。

ウォーミングパンというのは取っ手のある現代のフライパンにやや似た形状の金属製の容器で、細かい穴の開いた蓋《ふた》が付いている。その中に薪《まき》などの燃えさしを入れ、布団《ふとん》の下に置いて、使用前に暖めたり乾燥させたりした。

火災の危険性に加えて、残り火からの煙は有害であることが分かり使われなくなっていくが、この時代では湯たんぽのように普通に使われていた。

この夜のピクウィック・クラブの興奮は長く続いた。やがて秩序《ちつじょ》を取り戻して解散した時、五人の誰もが深い満足感を覚えたものだ。

だが、この小さな郵便局が後に色んな物を仲介《ちゅうかい》する事になるなど、一体誰が想像しただろうか。

悲劇とクラバット、詩とピクルス、庭の種と長い手紙、音楽とジンジャーブレッド、ゴム、招待状、叱責《しっせき》、そして子犬。

私書箱の存在を知ったお隣の老紳士はこの遊びが大好きで、奇妙な小包や不思議な手紙、そしておかしな電報を送って楽しんでいた。

なんとマーチ家のメイドとして働くハンナの魅力にほれ込んだローレンス家の庭師までもが、ジョーに手紙を代筆してもらってハンナにラブレターを送った。

その秘密が明かされた時、皆はどんなに笑ったことだろう。

あの小さな郵便局にこれから先どれだけのラブレターが届くことになるのか、今は誰一人として知らないのである。

第五章　キャンプ・ローレンス

小さな郵便局に集められた郵便を配達するのは三女のベスの役目だった。ベスはそうした細々とした仕事が好きだったので、毎日欠かさず郵便の配達をした。

七月のある日、ベスは抱えきれないほどの郵便を持って家中を回った。

「お母様、またローリーから花束《はなたば》が届いたわ」

マーチ家の居間にある花瓶《かびん》には、いつもローリーが手ずから選んで作られた花束が飾《かざ》られている。

ベスは母のマーチ夫人に声をかけると枯《か》れかけた花束を取り、花瓶に薄紫のデルフイニウムを挿した。

途端《とたん》にみすぼらしかった居間が華《はな》やかな印象に変わる。

ベスはひとしきり花の匂《にお》いを満喫《まんきつ》すると、古い花束を処分して配達に戻る。

「メグ・マーチさんにお届け物です。はい、手紙と手袋よ」

マーチ夫人の隣で縫《ぬ》い物をしていた長女のメグは、ベスから手紙と片方だけの手袋を受け取ると不思議そうな顔をした。

「あら、これは私の忘れ物？　でもどうして一つだけしかないのかしら。ベス、もしかして持ってくる途中で片方落としてしまったんじゃない？」

「いいえ。郵便箱には最初から一つしか入っていなかったわ」

「そうなの？　変ねぇ。まあいいわ。そのうち見つかるでしょう。こっちの手紙は私が頼んだドイツ語の歌の翻訳《ほんやく》ね。ローリーの字じゃないから、ブルックさんが翻訳してくれたのかしら」

ブルックさん――ジョン・ブルックはローリーの家庭教師をしている、優しそうな茶色の目をしたなかなかのハンサムである。母親の世話をする為に高給を約束されていたヨーロッパでの家庭教師を諦《あきら》め、亡《な》くなるまで献身《けんしん》的に世話をし、母親の看病をしてくれた人には今も仕送りをしているらしい。その人柄《ひとがら》は確かに立派で、若干《じゃっかん》メグが好意を抱いているのも頷《うなず》けるような人である。

そんなメグの様子を窓辺でスケッチをしながら気にするエイミーを余所《よそ》に、

「ジョー先生には手紙が二通と、郵便箱からはみだすくらい大きな、へんてこで古い帽子《ぼうし》よ」

ベスは笑いながら次女のジョーの書斎――と呼んでいる彼女の部屋に向かった。

ジョーはベスから手渡された帽子を見て、鼻にしわを寄せる。

「ローリーったら本当にふざけてるんだから。私が、暑い日には日焼けして顔が黒くなるからもっと大きな帽子が流行《はや》ればいいのにってぼやいたら、流行なんて気にしないで大きな帽子を被《かぶ》ればいいじゃないかって。それでこんな骨董品《こっとうひん》みたいな帽子を贈ってきたのよ。いくら何でも古すぎない？　でも、いいわ。こうなったらこの帽子を被って会いに行ってやるんだから」

時代遅れのつばの広い帽子をプラトンの胸像に被せたジョーは、もう一通の手紙を読んだ。

それは母のマーチ夫人からジョーへの物で、癇癪《かんしゃく》を抑えているジョーを褒《ほ》める言葉が書かれていた。あの小さな郵便局は、家族間のやりとりも繋《つな》いでいるのである。

ジョーは感激して、目を潤《うる》ませながら手紙を胸に抱いた。

だが帽子に添えられていた方の一通の手紙を読んで、すぐにその涙を引っこめる。

親愛なるジョーへ。


突然ですが。

イギリスの友人たちから、明日僕に会いに来ると連絡がありました。

そこで天気が良ければ、ロングメドウでテントを張って遊びたいと思います。

皆でお昼を食べて、クロケットをするのはどうでしょう。

焚火《たきび》をしたり、羽目《はめ》をはずしてジプシーみたいな恰好《かつこう》をしたり、色んな遊びをしませんか。

皆気の良い人たちだし、ジョン・ブルックが僕たち男子のサポート役、ケイト・ヴォーンが女の子たちをまとめてくれるので安心してください。ベスが不快にならないように気を配ります。

ぜひ手ぶらで遊びに来てください。

取り急ぎ
ローリー

ロングメドウは、鹿、ビーバー、野生の七面鳥、キツネ、ワシなど、さまざまな野生生物の観察ができる、コネチカット川沿いの人気のキャンプ地だ。

マーチ家からは少し遠いので、四姉妹《しまい》の誰もまだ行った事がない。

「なんて素敵！」

ジョーは叫んで、居間で縫い物をしているマーチ夫人とメグにニュースを伝えるため飛び出した。

エイミーも何事が起こったのかとスケッチを取りやめて居間へ向かう。

そこではジョーがマーチ夫人にお願いをしていた。

「ねえ、お母様、行ってもいいでしょう？　ローリーだって一人でもてなしをするより私たちが手伝った方が助かると思う。私はボートを漕《こ》げるし、メグはお弁当を作れる。ベスとエイミーも何か役に立てることがあるだろうし」

「ケイト・ヴォーンさんという方については、何か知ってる？　あんまり私たちと年が離れてないといいけど」

メグは、男の子たちの面倒を見るのがローリーの家庭教師なので、ケイトの事も同じように年上の女性かと思ったらしい。

「ローリーから聞いた事があるけど、そんなに詳しくは知らない。手紙にある、イギリスの友人っていうのがそのヴォーン四きょうだいで、ケイトはメグより年上だよ。双子のフレッドとフランクは私と同い年で、下の妹が九歳か十歳だったかな。ローリーがイギリスに留学していた時の友達で、双子の方と仲が良かったみたい」

「それなら良かった。私はちょうどフランス更紗《さらさ》を綺麗《きれい》にしたところだからそれを着ていこうかしら」

ローリーのイギリスの友達と会うのならば、あまりみすぼらしい格好をするのは恥ずかしいと思ったのか、メグはまずドレスの心配をした。

「ジョーは着ていけそうな服があるの？」

ジョーはすぐにドレスを破ってしまうから、まともな服を持っていなそうだ。

（この間も、私がお下がりで欲しいと思っていたメグのドレスを破っちゃったし）

メグは長女なので新しいドレスを仕立ててもらえるが、そのお下がりを着るジョーがいつもボロボロにしてしまうので、ベスやエイミーにはまともなお下がりがやってこない。

それでも何とか状態の良い物を三女のベスが着ているが、四女のエイミーの番になると雑巾《ぞうきん》にした方がいいような状態の服ばかりだ。

おかげでエイミーはあまりセンスが良いとは言えない親戚《しんせき》のお下がりを譲《ゆず》ってもら

うしかないのだが、もう少しジョーが丁寧《ていねい》にドレスを着てくれたらいいのにと、いつも恨《うら》めしく思っていた。

「赤とグレーのボート漕ぎ用の上下があるから大丈夫。どうせボートを漕いだり歩き回ったりするだろうから、糊《のり》のきいた服なんて着たくないわ。ねえ、ベスも来るでしょう?」

ボート漕ぎ用の上下は丈夫な生地《きじ》で作られているので、ドレスのように破れているところはない。

そもそもジョーは、ローリーの友達と会うのにおしゃれする必要を感じていなかった。

「男の子ともお話ししなきゃダメって言わないなら……」

「そんなの、言うはずないじゃない!」

慌ててジョーが否定すると、ベスはほっとしたように胸を押さえる。

「だったらいいわ。私もローリーが喜んでくれたら嬉《うれ》しいし。ブルックさんは親切な人だって分かってるから、もう怖くないの。でも他の初めて会う人たちと演奏したり歌ったりするのは、とても無理だわ。ジョーがその事を気にかけてくれるなら行きたい」

「内気な性格を治そうと思っているんだね。自分の欠点を認めて更生《こうせい》するのには、大変な努力と忍耐《にんたい》が必要だよ。私はそれに立ち向かうベスを誇りに思う。大好きだよ！」

元気よく言ったジョーは、思い切りベスに抱き着く。

その横でエイミーはベスから渡された自分宛《あ》ての箱の包みを雑に破ると、中身を見て大喜びした。箱の中にはもう一つ箱が納められていて、その箱の上にはチョコレートガールが描かれている。

「私にはドロップチョコを一箱と、模写したかった絵が入っていたわ。しかもベイカー・チョコレートよ！」

アメリカで最も古いチョコレート会社のベイカー・チョコレートは、一七六四年にジョン・ハノンとアメリカの医師ジェームズ・ベイカー博士が、マサチューセッツ州ドーチェスターのローワー・ミルズ地区で豆の輸入とチョコレートの生産を開始したのが始まりだ。

おいしくなかったら返金しますという返金保証をつけたベイカー・チョコレートの商品は、瞬《また》く間に評判になって売り上げを伸ばした。

一八六二年、十八世紀のジュネーブの芸術家ジャン＝エティエンヌ・リオタードが描《か》いた、メイドが磁器のチョコレートカップとコップ一杯の水が入ったトレイを持っている「チョコレートガール」という題名の絵の使用権を獲得すると、その絵を使った箱が更に評判になった。

今ではチョコレートカップを持ったメイドの絵は、子供たちの憧《あこが》れの的だ。

エイミーは早速箱を開けてみた。

雫《しずく》型のチョコレートがたくさん入っていて、顔を近づけて匂いをかぐと、チョコレートの甘い香りが広がった。

「私はローレンスさんから、暗くなる前に演奏しにきて欲しいっていうお手紙を頂いたわ」

気難しいローレンス氏とすっかり仲良くなったベスが、嬉しそうにピアノを弾く振りをする。

「じゃあ今日中に明日の分も働かなくちゃね。今日は忙しいわ」

ジョーがペンを捨てて箒《ほうき》を持つ覚悟を決めたので、エイミーも絵筆を捨てて掃除に参加する事にした。家族以外の友人とのピクニックなんて、当然初めての経験だ。楽しみで仕方がない。

(転生してよかった。絵筆を持つ手が荒れてしまうからお掃除は好きじゃないけど、頑張らなくちゃ)

大いなる喜びの前には、大きな自己犠牲がつきものなのである。

翌朝は晴天で、申し分のないピクニック日和《びより》だった。

三女なのに一番しっかりしていて、先に支度《したく》を終えたベスは、窓から見たローレンス家の様子をおもしろおかしく実況する。

「テントを持った男の人がいるわ。バーカー夫人が籠《かご》と大きなバスケットに昼食を入れてるのが見える。今、ローレンスさんが空と風見鶏《かざみどり》を見上げてる。ローレンスさんも一緒にピクニックへ行ってくれたらいいのに」

少し寂《さび》しそうにしたベスは、ローレンス氏から視線を外して辺りを見回す。

「ローリーがいるわ、船乗りみたいよ、なかなかカッコいいと思うわ」

それから青い目を見開いて驚く。

「まあ！　人がたくさん乗っている馬車が来たわ。背の高い女性と小さな女の子と、怖そうな男の子が二人。あら、でも、一人は足が不自由みたいで、かわいそうに松葉《まつば》杖《づえ》をついてる。ローリーったら、そんなの一言も言ってなかったじゃない」

ベスは後ろを向いて姉妹たちの支度の様子を見た。出かけられるようになるには、もう少し時間がかかりそうだ。

「皆、急がないと遅れちゃうわよ」

そう言って馬車に視線を戻すと、意外な人物を見た。

「あら、あの人、ネッド・モファットじゃない？　ねえメグ、この間私たちが買い物をしていた時にお辞儀してきた人よね？」

メグは髪のカールがきちんと整っているのを確認してから、窓の下を見下ろす。

「ええ、ネッドだわ。山に行くって言ってたのに、気が変わったのかしら。あら、アニーもいるみたい。良かった、帰ってくるのが間に合ったのね」

友達の姿を見つけてメグはホッとした。知らない人ばかりだったら気後《きおく》れしてしまいそうだったのだ。

「ジョー、この格好、変じゃない？」

「凄《すご》く素敵よ。ドレスをもうちょっと持ち上げて、帽子をまっすぐにしたらもっと可愛《かわい》いんじゃない？　そんな風に斜《なな》めにしてると物憂《ものう》げに見えちゃうし、風で飛ばされそう」

ジョーは自分も帽子を被ると「よし。さあ行くわよ！」と号令をかける。

その姿を見てエイミーが信じられないという顔をする。

「待って、ジョー。まさかその変な帽子を被っていくなんて冗談《じょうだん》よね？」

ジョーが被っているのは、ローリーが冗談で送ってきたつばの広い古風な麦わら帽子だ。赤いリボンで顎《あご》に結びつけている。

「本気だよ。だってこれすごくいいもん、日よけになるし、軽いし、大きいし。結構気に入っちゃった」

そう言ってジョーはすぐに歩き出し、皆もそれに続いた。

「あんなヘンテコな帽子で行くなんて、信じられない……」

確かにあの帽子は紫外線を遮断しそうだが、ドレスには全然似合わない。しかしジョーが着ている赤とグレーのボート漕ぎ用の上下には、不思議と似合って見えた。

(ジョーのセンスに、時代が追いついてないって事?)

なんだかそれはそれでジョーに負けたようで悔しい。

「エイミー、置いていくわよ」

「メグ、待って!」

エイミーが慌てて追いかけると、もう皆はローレンス家の玄関に到着していた。

ローリーは嬉しそうにイギリスの友人をアメリカの友人に紹介している。

ヴォーンきょうだいは二十歳のケイト、ジョーと同じ年の双子のフレッドとフランク、そして十歳のグレースの四人だ。

ケイトは貴族然とした排他的で堅苦しい雰囲気《ふんいき》で、ローリーもいつもの砕けた口調ではなく丁寧な言葉遣いで接していた。

双子の男の子たちは対照的だった。フレッドは少し乱暴そうで、足が不自由という事があるからかフランクは大人しそうに見える。

末っ子のグレースはエイミーより二歳下だが、礼儀正しくて陽気な性格なので、エイミーは一目で仲良くなれそうだと思った。お互いに通じる物があったのか、エイミーとグレースはしばらく無言で見つめ合った後、すぐに仲良しになった。

それをきっかけに、マーチ家の四人とヴォーン家の四人は、お互いに仲良くできそうだと認め合った。

その八人に加えて、ローリー、ブルック先生、ネッド、アニーたち四人も加えると、総勢十二人の大集団は早速ロングメドウへと向かう。

テントや昼食、そしてクロケットの道具は事前に送ってあったので、川を使い、二艘《そう》のボートに分乗して上流にあるロングメドウを目指した。

ローレンス氏が川まで見送りにきてくれて岸辺で帽子を振っているのを、ベスは姿が見えなくなるまでずっと見ていた。

ボートは一艘がローリーとジョー、もう一艘をブルック先生とネッドで漕いだ。

エイミーは、だからジョーはボート服を着るって言ったのねと納得する。ジョーのことだから、ドレスでボートを漕いだりしたら夢中になって漕ぎすぎて、背中の生地を破ってしまうだろう。そうなったらこの素敵なピクニックは台無しだ。

男の子のようにシャツの袖《そで》をまくってボートを漕ぐジョーはとても楽しそうで、エイミーはジョーがいつもこんな格好をできたらいいのにと思う。

似合うからというのもあるけれど、男物の服のほうが頑丈《がんじょう》だから、壊し屋のジョーもさすがに着れない程ボロボロにする事はあるまい。

多少破れたとしても、肘当《ひじあ》てや膝当《ひざあ》てをつければ問題ない。

それに男物の服がお下がりでエイミーの所に来る事はないだろうし、ジョーがドレスを着なくなれば、メグの素敵なドレスが綺麗なままやってくるかもしれない。

エイミーは後で皆に提案してみようと思った。

楽しく騒ぎながらロングメドウへ到着すると、既にローレンス家の使用人たちによって立派なテントが張られていて、クロケット用のゲートまで完成していた。

岸に着いたボートから緑の野原に降り立ったローリーは、気取った様子で挨拶《あいさつ》をする。

「皆様、キャンプ・ローレンスへようこそ」

エイミーたちは歓声《かんせい》を上げてキャンプ地に上陸した。

「ブルック先生が最高司令官で、僕は補給部隊の長官です。他の男性諸君は参謀としてがんばってくれたまえ。女性の皆様はお客様としておもてなしします」

ローリーは軍人のような敬礼をすると、後方にある大きな三つのテントを指さした。

「三つのテントのうち、あの樫《かし》の木がある所が客間、こっちが食堂、そしてあそこにあるのが厨房《ちゅうぼう》になります。さあ、暑くなる前に体を動かして、それから食事にしましょう」

ローリーは補給部隊のリーダーらしく重々しく説明すると、そこまでが気取った態度の限界だったのか、笑いながらクロケットのスティックを取りに行く。

クロケットは二つのチームに分かれて試合をする事になった。

ローリーはジョーとアニーとネッドを選び、ブルック先生はメグとケイトとフレッドを選んだ。

足の悪いフランクと、まだ小さいベス、エイミー、グレースは見学だ。用意してもらった椅子に座って観戦する。

「アメリカチームとイングランドチームね」

エイミーが隣に座るグレースに笑いながら言うと、グレースも「本当だわ」と頷く。

「じゃあ私はイングランドチームを応援しなくっちゃ」

「だったら私はアメリカチームね」

エイミーは息の合ったプレイをするローリーとジョーがいれば負けないだろうと、勝利を確信しながら声援を送る。

最初はアメリカ勢が優勢だったが、途中でフレッドとジョーの間にひと悶着《もんちゃく》があり、逆転されてしまった。

エイミーの所からはよく見えなかったが、どうやらフレッドがズルをしたらしい。

だがジョーは珍《めずら》しく怒りを抑え、最後の最後で逆転勝利をやってのけた。

「凄いわ、ジョー!」

興奮して手を叩《たた》くエイミーに、グレースも素直におめでとうと言ってくれる。

メグが髪の毛を直す振りをしながら、爆発しなかったジョーを褒めているのが視界の端に映った。

(昨日お母様からもらった手紙が利《き》いたのかしら)

ジョーときたら大声で手紙の内容を口にするものだから、聞きたくなくても聞こえてしまうのだ。

(怒りや癇癪は、抑えられるなら抑えた方がいいものね)

どちらかというとエイミーも感情的な性格だったが、前世の記憶を思い出してからはとても落ち着いた。

思い出した直後よりも記憶は薄れてきてはいるが、それでもエイミーの新たな人格形成の礎《いしずえ》になっている。

「昼食の時間だよ」

時計を見たブルック先生は、きびきびと指示を出す。

「補給部隊長官は、メグさんとアニーさんと私がテーブルを準備している間に、火を熾《おこ》して水を汲《く》んできてもらえますか？　それから誰《だれ》かおいしいコーヒーを淹《い》れられる人がいますか？」

「ジョーができます」

メグがジョーをコーヒー係に推薦《すいせん》する。

エイミーたちはたき火で使えそうな、乾いた小枝を集めた。湿っていると火がつかないので、小枝選びも重要だ。

そうして各自の仕事をこなしていると、素敵な食卓が出来上がった。

ちょうど運動をしてお腹《なか》も空《す》いていたし、緑の葉で美しく飾られた料理の数々は食欲をそそる。

チーズとクラッカーの盛り合わせ。きゅうりのピクルスとレタスのサラダ。

濃厚なグレービーソースをたっぷりとかけたローストビーフ。

子羊肉のパイ。焼きたてのビスケット。

朝採《と》れたばかりの新鮮なフルーツ。

いつもは小食なベスですら、お腹がはち切れそうなくらいおいしい料理を堪能《たんのう》していた。

大好きな家族と友達に囲まれこんなに素敵な場所で食事をするのは、前世の分も含めて一番楽しいとエイミーは思った。

食事が終わった後は皆でゲームをする事にした。

それぞれがお話を考えて繋げていく、連作小説のようなものだ。

悲劇と喜劇が混ざり合ってヘンテコな物語が作られていくのは、確かに面白かった。

その後「真実」という、当たった人は本当の事を言わなければいけないというゲームでフレッドがズルを告白してジョーに謝ったり、トランプをしたりと、楽しい時間はあっという間に過ぎていった。

馬に乗っているローリーたちを羨《うらや》ましそうに見ていたフランクにベスが一生懸命話しかけているのには、姉妹だけでなくフランクの妹のグレースですら驚いていた。

「フランクの笑い声なんて久しぶりだわ」

乗馬用の柵《さく》を飛び越えられずに怪我《けが》をして松葉杖なしでは歩けなくなってからというもの、フランクは世界で一番自分が不幸だという顔をしていたのである。

その後も彼らは馬を使った即興のサーカスや、「キツネとガチョウ」というボードゲーム、そして午前中とは違う和《なご》やかなクロケットの試合をして、思う存分遊びつくした。

日が沈む頃《ころ》になると、テントは片付けられ、空っぽになった籠はしまわれ、クロケットのゲートも全《すべ》てボートに詰めこまれた。

それでもまだ愉快な気持ちは続いていたので、一行は声を張り上げて歌を歌いながら川を下る。

その間、ネッドは必死にメグにアプローチをしていた。

それを見たエイミーは、もしかしたらロマンスが始まるのかしらと期待したが、まだ恋愛に興味がないのか、メグはすげなくあしらっていた。

確かにネッドはそれほど賢《かしこ》くはないし目を惹《ひ》くほどのハンサムというわけではないし、少し浮ついたところがあるものの、善良でお金持ちで、そしてとにかくメグの事が大好きだ。

この場にいる誰よりも、いや、同年代の誰よりも、メグは美人で気立てがいい。ネッドが予定を変更してわざわざこのキャンプに参加したのも、メグがお目当てなのだろう。

結婚を前提に付き合ってくれるのであれば、ネッドはとても良い相手なのではないだろうか。

ブルック先生もメグの事が気になって仕方がないようだが、メグ自身はどちらかに惹かれている様子はなさそうだ。

エイミーはどう考えてもお金持ちになれそうにないブルック先生よりも、ネッドと結婚した方がメグは幸せになれると思った。ならば自分は、そのために動くべきだろうか。

転生した自分が、家族の幸せのためにできることは何だろう。

エイミーはふと後ろを振り返る。楽しかったあの場所は、今はもう遠い。

父が裕福だった頃は、あんな光景が日常だったのだろうか。

どんどん離れていくロングメドウのキャンプ・ローレンスがあった場所は、今ではもうすっかり暗くなって、見えなくなっていた。

第六章　メグの恋のお相手は

すっかりネッド・モファットを将来の義兄と思い定めたエイミーは、別れ際《ぎわ》にアドバイスをした。

「メグはロマンティックな恋に憧《あこが》れているところがあると思うの。だから文通してみたらどうかしら」

エイミーの提案に喜んだネッドは、すぐにピクニックが楽しかったという手紙を書いて寄越した。

案外字が上手で、メグもまんざらではないようだ。

二人の文通は続き、メグもネッドからの手紙を楽しみにするようになってきた。

「あら、あの人からまた手紙が来たの？　浮ついてると思ってたけど、そうでもないのかな。何て書いてきた？」

ジョーがネッドからの手紙を覗《のぞ》きこむ。便箋《びんせん》にはかすかに香水が振りかけられているのか、とても良い香りが漂《ただよ》っていた。

「別に普通の事よ。ほら、この間素敵なハンカチを頂いたでしょう？　だからそのお返しにうちの裏で採《と》れたリンゴで、アップルパイでも作りましょうかって言ったら、楽しみにしてます、って」

エイミーは鉛筆でスケッチをしながら二人の会話を聞いていた。

ソファーに座って手紙を読んでいるメグを上から見下ろすジョーというのは、なかなか良い構図だ。

四姉妹《しまい》、という題材で四季折々の姿を描《か》いてもいいかもしれない。

もう少ししたらリンゴも色づいてくるだろうから、リンゴ畑のメグとベスも描きたい。

姉妹をモチーフにしようと思いついたら、色んなアイデアが湧《わ》いてきた。

(そういえばアップルパイには絵美《えみ》の時代にある紅玉《こうぎょく》っていうリンゴがいいんだけど、今はまだちゃんとした品種ができてないみたいで、色んな色のリンゴが生《な》るのよね)

エイミーの記憶の中にあるリンゴ畑と、絵美の記憶の中のリンゴ畑があまりにも違い過ぎて、しみじみと違う時代なんだなぁと思う。

絵美の記憶を思い出したといっても、エイミーはエイミー・マーチのままだ。

ただ少しだけ、前よりも知識が増えただけ。

そしてちょっぴり価値観が絵美寄りになっただけだ。

(だから今はジョーがこの時代で生き辛《づら》く思っている気持ちが分かる)

前は何であんなに乱暴なんだろうと憤《いきどお》りしかなかったが、こうして前世の価値観に照らし合わせると、ジョーはバリバリの「キャリアウーマン」タイプだ。

自分の力で全《すべ》てを切り拓《ひら》き、前へ前へと進んでいく。

女性にとっての幸せは良き妻になる事だというこの時代では、それは全く理解されない価値観だ。

だからこそ、ジョーはもがき苦しみ、それを小説という形に昇華しているのだろう。

エイミーの中にも元々そういった感情があった。だがジョーのように直情的にはなれず、表向きはこの時代の価値観に賛同しているようにふるまっていた。

(ジョーも本音と建て前を使い分ければもっと生きやすいのに)

でもそれができないから、ジョーなのだ。

エイミーは前よりも理解できるようになった姉に、憧れと憐《あわ》れみの想《おも》いをいだいた。

「それでメグはネッドが好きなの？」

それでも、これはいけない。そんな風に言われたら、芽生《めば》えかけた思いも意固地になって蕾《つぼみ》のまま枯《か》れてしまう。自慢《じまん》の長い髪を掻《か》き上げる姉を、エイミーは慌てて押し留《とど》めた。

「ジョーったら、いきなりそんな事聞くのは失礼だわ」

「なんでさ。メグの事が心配じゃないの？」

「それは心配だけど、だからって人の恋路に口を出すのはおかしいわ」

十六歳と言えば絵美の時代であれば高校生だ。

彼氏を作るかどうかなんて、本人が決めればいい。

（それに彼氏とかじゃなくて、文通友だちでしかないし）

「エイミーはネッドがお金持ちだからいいと思ってるんでしょ」

「それも彼の美点である事は否定しないわ」

「ばかばかしい。今の時点でお金持ちだったとしても、将来どうなるか分からないじゃない。本人にその才覚がなければ無理よ」

才能を愛するジョーは、エイミーの世俗的な所が気に入らないのか、いつもこうやって突っかかってくる。

今はその気持ちも分かるから、ジョーの物言いにも腹が立たなくなってきた。

「それはそうだけど、今現在貧乏《びんぼう》で将来もお金持ちになりそうにない人と結婚するより、最初からお金持ちの方がいいじゃない。だってそれを元手に商売すればいいんだもの」

エイミーの発言に、ジョーだけでなく長女メグまでもがなにを言い出すんだろうという目で見た。

あの大人しい三女ベスですら、編《あ》み物をする手を止めて驚いている。

「勘違いしないで欲しいけど、もちろん愛は必要よ。でも愛だけじゃお腹《なか》はふくれないわ。メグだって貧乏な人よりお金持ちと結婚したいでしょ？　アニーみたいに、いつだって最新のドレスを着られる生活が羨《うらや》ましいと思わない？」

メグは招かれて行ったアニー・モファットの家を思い出しているのか、眉根《まゆね》を寄せて唇《くちびる》を尖《とが》らせた。

特にメグは裕福だった頃《ころ》の記憶がある分、豊かな生活への憧れは姉妹の中で一番強いのだ。

「お金持ちでメグにぞっこんで心の広い夫なら、メグにメゾンを持たせてくれると思うの」

「メゾン？」

服屋やドレスメーカーというより「メゾン」と言った方がかっこいい。

そんな所にこだわるのは、以前のエイミーのままだった。不審げなジョーに、エイミーは得意気に語る。

「だってメグはとてもセンスがいいもの。そして美人よ。そんなメグがドレスを作ったらすぐに評判になるわ」

エイミーは未来のブランドではイメージを大切にするという事を知っている。エイミーの保湿クリームのおかげで、メグは光り輝くような美しさになっている。メグが自分でデザインしたドレスを着てパーティーに行けば絶対に目立つ。メグに憧れて同じ格好をしたいと思う女性は多いだろう。

カリスマ経営者になれば、自分で稼《かせ》げるのだ。そうすれば夫が事業に失敗したとしても没落《ぼつらく》する事はない。

「これからは女も自立しないと」

まだ女性の参政権もない時代にエイミーの思想は異端《いたん》とも呼ばれるものだろう。何より彼女たちの母が聞いたら、震えあがってしまうに違いない。

だが、エイミーは女性が仕事を持つのが当たり前の時代がやってくるのを知っている。

だから臆《おく》することなく自分の意見を主張した。

「確かに自立は大切だよ。でもそれなら最初から自分の力だけでやるべきじゃないかな」

ジョーは、半分は賛成で半分は反対だと言って、男の子のように腕を組んだ。

メグとベスは二人の対立にどうしましょうと顔を見合わす。

「作家だったらペンと紙が、画家だったら絵の具とキャンバスが、音楽家だったら楽《がく》譜《ふ》とピアノがあればいいけど、メゾンを開くには、服はメグが作るにしても、お店や売り子さんだって必要なのよ。その費用を貯《た》めようと思ったら、あっという間におばあさんになっちゃうわ」

「だからってお金の為に愛のない結婚をするなんて反対だね」

「私は別にそんな事言ってないわよ」

「でも結婚した相手にメゾンの費用を出させるって言ってたじゃないの」

「だってお金持ちだったらそれくらいしてくれるでしょう」

「だからその為に結婚するのがおかしいって言ってるの」

どこまでも平行線の二人に、ベスが口を挟む。

「あの、多分、誤解があると思うの。エイミーはメグに愛のない結婚をしろって言ってるわけじゃなくて、お金持ちの中から愛する人を見つけるべきだ、って言ってるのよね？」

「さっきからそう言ってるじゃない」

エイミーがふくれっつらをすると、ベスは穏《おだ》やかに諭《さと》した。

「でもね、エイミー。きっと人を好きになるっていうのは理屈じゃないんだと思うわ。ほら、だって、恋はするものじゃなくて落ちるものだって言うでしょう？　好きになってしまったら、相手が貧乏かお金持ちかなんて関係ないのよ」

「でもそれじゃ幸せになれない」

「エイミーはこの家に生まれて幸せじゃないの？　お金があっても毎日喧嘩《けんか》している家だってあるわ。だったら貧しくても愛にあふれた我が家の方が素晴らしいと思う」

「それは……そうだけど……」

エイミーだって家族が一番大切だという事は分かっている。絵美のように家族を全て失って、独《ひと》りぼっちの人生は寂《さび》しい。

でも、もちろん嫌いな相手と結婚する必要はないが、好意が持てる人なら結婚相手として考えても良いのではないだろうか。お金のない人生もまた寂しいことを、絵美を通してエイミーは知っている。

そんなエイミーの考えるメグの結婚相手に、ネッドはぴったりだ。

それにメグがお金持ちと結婚してくれたら、エイミーがヨーロッパに絵の勉強をする為の留学費用だって出してくれるかもしれない。

なのになぜメグはネッドに心を開かないのか、エイミーには不思議で仕方ない。

「さあ、じゃあ、この話はこれでおしまいにしましょう。ところでモファットさんといえば、今度ベル・モファットの結婚式にお招きされているのよ。私、またエイミーが飾《かざ》ってくれたドレスを着て行こうと思うの」

ベル・モファットは、ネッドの姉だ。その結婚式に呼ばれたという事は、ネッドは真剣にメグとの交際を望んでいるのだろう。

「今度はもっと素敵なドレスにするから任せて」

今度はもっと時間をかけて誰《だれ》もが振り返るようなドレスに仕上げたい。

そしてメグをもっと美しくするために、オリーブオイルのヘアートリートメントを作って頭の先から足の先まで磨《みが》き上げるのだ。

「それにあのショートケーキも作ってお祝いに持って行きたいわ」

メグの提案に、それはいいと全員が盛り上がる。苺《いちご》の季節は過ぎてしまったが、マーチ家の裏庭にはおいしそうなリンゴがたくさん生っているから、甘く煮たコンポートにしてケーキの上に載《の》せればきっとおいしいだろう。

（いちょう切りにして、くるくる巻いたら薔薇《ばら》の花のような形になるわ）

それならばきっと、結婚式のプレゼントとして渡しても喜ばれるだろう。

（ネッドの家族に対してのメグの株も上がりそう）

エイミーは顔をほころばせながらスケッチブックをめくると、真っ白な紙にドレスとケーキのデザインを描き始めた。

花のドレスをさらに豪華に飾りつけて、メグはベル・モファットの結婚式に参列した。

エイミーがオリーブオイルと卵の黄身、ハチミツを混ぜて作ったヘアートリートメントのおかげで、メグの金髪は光を反射して輝いている。

（これほどの美人が他にいるかしら。きっとネッドも惚《ほ》れ直しちゃうわ）

自分の仕事をやりきった達成感に満ちたエイミーは、ネッドの反応を見て満足する。

ネッドはわざわざ家まで馬車で迎えに来て、エイミーが前世の記憶を駆使《くし》したメイクや髪型をしたメグの美しさに絶句していた。

すっかり心を奪われた様子で、メグの踏《ふ》んだ土にまで口づけしそうな勢いだ。

メグも美しさを絶賛するネッドにまんざらでもない様子でネッドの手を取って馬車

に乗った。

これで二人の仲が進展するといいんだけど、と思いながら二人を見送ったエイミーは、渋《しぶ》い顔をしている母親に気がついた。

「お母様はネッドがあまりお好きでないの？」

思わず尋《たず》ねると、マーチ夫人はまだ幼《おさな》いエイミーに言おうかどうしようかと迷いながらも重い口を開く。

「ネッド・モファットは私の想像よりも良い青年かもしれないけれど、浮ついたお友達がたくさんいるのは感心しないわ。そんな集まりに行くようになったら、メグの素晴らしい善良さが失われてしまうでしょう」

エイミーは母親の事が大好きではあったが、清教徒らしい、厳格で清貧を尊《とうと》ぶ考え方には共感できなかった。

確かにネッドは勤勉ではないし、いつも友達と遊んでばかりいる。

だがまだ大学生だ。

絵美は毎日課題やアルバイトに追われていて時間の余裕がなかったが、大抵の高校生や大学生は勉強だけではなく遊びも楽しんでいた。

どうせ社会に出たら働かなくてはいけないのだ。学生の間だけ遊んでいたとしても許されるのではないだろうか。それに遊ぶといってもカードゲームをしたりビリヤードをしたりするくらいだ。絵美の感覚から言えば、とてもまっとうな遊びだと思う。

「メグはしっかりしているから、もしお金持ちと結婚しても堕落《だらく》しないと思うわ。だってお母様の娘ですもの」

大人びたエイミーの言葉に、マーチ夫人は少し驚いたような顔をした。そして「大きくなったのねぇ」と言いながら優しくエイミーの頭を撫《な》でる。

エイミーは子供扱いされた事を怒ろうかと思ったけれど、その手があまりにも優しいので気を静めた。

どちらにせよ、決めるのはメグだ。

エイミーはメグが決めた人ならば反対はしないでおこうと、そう思った。

ベル・モファットの結婚式はとても豪華で大勢の客が招かれていたらしく、メグは大興奮で帰ってきた。

もちろんドレスは大好評で、持って行った「エイミーのショートケーキ」も驚きをもって受け取られたそうだ。

「ブーケがキャッチできなくて残念だったね」

ブーケトスはベルの妹のアニーがキャッチしたと聞いたジョーの言葉に、メグがゆるく首を振った。

「ガータートスもあったから、キャッチできなくて良かったわ」

「うへぇ。あれをやったんだ」

ジョーが顔をしかめるのと同時に、マーチ夫人も「だから行かせたくなかったのよ」と不機嫌《ふきげん》そうになった。

ブーケトスは、結婚して幸せな花嫁《はなよめ》にあやかりたいと、参列者が花嫁のウェディングドレスを引っ張ったり小物をもらったりしていた慣習の代わりに始まったと言われている。後《うし》ろ向きに投げるのは、誰がもらうのか分からないようにする為だ。

そして男性はガータートスといって、花嫁が身に着けていた左足のガーターベルトを新郎に投げてもらって受け取る。

ガーターベルトというのは女性のストッキングがずれないように太ももで留めておくベルトの事で、フランスのエッフェル塔を設計したアレクサンドル・ギュスターヴ・エッフェルが発明したものだ。

ガータートスをする際は、新郎は新婦のドレスに潜《もぐ》りこみガーターをはずすのだが、新婦の脚が見えるのでそれを囃《はや》し立てるのも恒例になっている。

ガーターをキャッチした男性が、ブーケをキャッチした女性の右足にガーターをつける、ガータープレイスメントという演出もある。

女性が男性に好意を持っていれば太ももにつけられるが、ダメなら途中で拒否できる。

ちなみに花嫁の右足に残ったガーターは取っておいて、赤ちゃんが生まれた時にヘアーバンドとして使うと幸福になれると言われている。

大抵の場合、新郎は友人と示し合わせてガーターを投げる事が多いので、もしメグがブーケをキャッチしていたならば、ネッドがガーターをキャッチしてメグにはめようとしていた事だろう。

「あなたがそんな乱痴気《らんちき》騒ぎに巻き込まれなくて良かったわ」

マーチ夫人がぴしゃりと言うと、豪華な結婚式に浮かれていたメグは、途端《とたん》にしぼんだ風船のように勢いをなくした。

「さあ、このお話はおしまいですよ。メグはその飾り立てた髪を直していらっしゃい」

もっと豪華な結婚式の事を話したい様子のメグだったが、マーチ夫人にたしなめられて大人しく部屋へ向かった。

エイミーは後で詳しく話を聞こうと思いながら、編み物を再開するマーチ夫人を見る。

穏やかで優しく家庭的で、とても尊敬できる母親だ。

だがちょっと考え方が古すぎるとも思う。

（お母様はさらにネッドが嫌いになったみたい。困ったわ）

エイミーの「目指せメグの玉の輿《こし》作戦」からすると、マーチ夫人の反対はかなりマイナスだ。

（お母様はブルック先生を推《お》しているのよね）

ローリーの家庭教師であるジョン・ブルックは、確かに優しそうな茶色の目をしたなかなかのハンサムだとは思う。

だが今はローリーの家庭教師をしているから少しは余裕があるのかもしれないが、来年になるとローリーは大学に行ってしまうので、新しく家庭教師の仕事を探さなくてはならない。

そしてローリーの家庭教師ほどの好待遇《こうたいぐう》というのはなかなかないだろう。

（これからお金持ちになる可能性が少しでもあるならいいけど……）

メグもキング家の子供たちの家庭教師をしているが、教師になるべく専門の学校に行ったわけではない。

そもそも子供相手の家庭教師は中学卒業程度の学力でできる職業なので、それほど地位が高くないのだ。

どう考えても、一生貧乏生活になる未来しかない。

（メグには生活の苦労をして欲しくないわ。貴婦人のように綺麗《きれい》に着飾って、いつも笑っていて欲しい）

エイミーの記憶の中の絵美は美大に進みたかったけれど、祖父母のお金では地元の国立大学に通うのが精いっぱいだった。

地元の大学を卒業して、地元の企業に就職して。そういう未来しか見ることができなかった。

祖父母の一軒家は古いながらも維持はかなり大変で、絵美は爪《つめ》に火をともしながらも節約をして暮らしていた。

もし美大に行けていたなら、有名な画家になっていたのではないか。

そんな叶《かな》わない夢を胸の奥底に抱いていた。

（家を残すのに精いっぱいで、おしゃれも何もできなかった）

手作りの化粧品《けしょうひん》にハマったのは、安く自作できるかもしれないと思ったからだ。

実際には買った方が安い物もあったが、ハーブなどを庭で育てるのが楽しかったのもある。

たまに骨董市《こっとういち》に行くのも楽しみの一つで、食事を抜いてでも目に留まったものを買ってしまう事があった。

(エドモニアがくれたウサギの彫刻《ちょうこく》。あれも長い年月とたくさんの人の手を経《へ》て、骨董市で絵美の手に渡った)

五百円くらいで売っていた、小さなウサギの木彫《きぼ》りの彫刻。

一目見て気に入って、値段も手頃だったので、迷わず購入したのだ。

(やっぱりあの神様が、絵美を私に転生させたに違いないわ)

だからこそ、その知識を利用して、家族を幸せに、そして自分の夢を叶えなければならない。

エイミーはそんな事を考えながら、姉妹たちのスケッチを完成させるべく再びペンを走らせた。

第七章　良い知らせと悪い知らせ

それからというもの、マーチ家では浮ついた行動は一切禁止とでもいうように、規則正しい生活が続いた。

だがやがてそんな生活に我慢《がまん》ができなくなってきたのか、ジョーが落ち着きのない様子になってきた。

ブルック先生に対して反抗的になったり、メグの顔を見てため息をついたり、自慢の長い髪を所在無げに弄《いじ》ってみたり。

そして一番おかしいのは、郵便屋さんが来る度《たび》に、ポストに飛んでいってはため息をついて戻ってくるのを繰り返している事だ。

そんなある日、姉妹《しまい》が居間で縫《ぬ》い物をしていると、ジョーが飛び跳《は》ねて入ってきてソファーに横になった。

何も言わずに新聞を読んでいるのだが、チラチラとこちらを気にしている様子だ。

「何か面白《おもしろ》い事が書いてあるの？」

これはきっと面白い記事が載っていて教えたいのだなと思ったメグが聞くと、ジョーは口元をむずむずさせながら何気ない素振りで答えた。

新聞の名前はジョーの手に隠れて見えない。

「小説が一つだけ。そんなに大した物じゃないけどね」

「だったら読んでみて。そうすれば私たちも楽しめるし」

エイミーが大人びた口調で言うと、ベスは穏《おだ》やかに尋《たず》ねた。

「なんていう題名なの？」

「ライバルの画家たち」

ジョーの答えに、メグが「面白そうね」と縫い物をする手は止めずに、顔だけジョーのほうへ向けた。

「えへん」

大きく咳払《せきばら》いをしたジョーは、深く息を吸ってから、物凄《ものすご》いスピードで話を読み始めた。

物語はとてもロマンティックで面白かったが、登場人物のほとんどが死んでしまうという悲劇的な話だった。

「私は素晴らしい絵の描写が気に入ったわ」

まるであのキャンプ・ローレンスが開催されたロングメドウの景色を見た事があるような絵の描写に、エイミーは満足げに感想を呟《つぶや》いた。

「私は恋愛の所が良かったわ。ヴィオラとアンジェロって私たちがお話を作る時に良く使う名前だから、悲劇的なのがちょっと残念だったけど」

メグは目じりに浮かんだ涙をぬぐった。話に感動して、つい涙ぐんでしまったのだ。

「誰が書いたの？」

ジョーの顔をちらりと見たベスが尋ねる。

するとジョーはパッと起き上がり、新聞を投げ捨てた。

「あなたたちの姉妹よ！」

残念ながらその小説で報酬《ほうしゅう》を得る事はできなかったが、次の作品からは支払われると聞いて、姉妹は大喜びしてジョーの成功を賞賛した。

「私、次の作品も載《の》せてもらうようにがんばる。そしたらお金を稼《かせ》いで皆の助けになるかもしれないんだもの」

嬉《うれ》し涙を流すジョーを見て、エイミーは誇らしさと羨《うらや》ましさを同時に胸の奥に感じた。

（私もジョーに負けないようにがんばるわ）

そしていつかミレーのようにサロン・ド・パリに入賞して、世界的な画家になりたい。

その壮大な野望は、小さな炎となってエイミーの胸の奥に火をともした。

良い知らせに沸《わ》き立ったマーチ家だったが、次に訪れた知らせはとても恐ろしい物だった。

南部との戦争に牧師として従軍している父が、ワシントンで重い病に罹《かか》ったという電報が届いたのだ。

母のマーチ夫人はメイドのハンナからそれを受け取るなり、真っ青になって椅子《いす》に倒れこんだ。

ちょうど遊びに来ていたローリーと馬車に乗ってどこかに行こうかと話していた楽し気な居間が、一転して恐ろしい程の沈黙に支配された。

エイミーもあまりの事に頭が真っ白になる。

（絵美《えみ》が読んだ「若草物語」にお父様は出てきたかしら……。ダメだわ、ベスの事しか覚えていない）

エイミーは必死に物語を思い出そうとするが、記憶の切れ端に手を伸ばしても指先からすり抜けてしまう。

窓の外で馬車の通る音だけが、やけに耳に響いた。

ベスのことしか気にしていなかったので、父のことは考えてもいなかった。ちゃんとエイミーが覚えていたら、この病も防げたかもしれないのにと思うと、身体《からだ》が芯《しん》から寒くなり、手足が震えてくる。

「すぐに行かなくては……。ああもし手遅れだったら……」

マーチ夫人が両手で顔を覆《おお》うと、姉妹たちもこらえ切れずに涙を流した。

不安と恐怖が支配する部屋で最初に我に返ったのは、長年マーチ家で働いているしっかり者のハンナだった。

「主よ、どうか旦那《だんな》様をお守りください」

そう言って十字を切ると、エプロンで涙をぬぐった。

「さあ泣いてる時間も無駄にできゃあしませんよ。奥様、すぐに荷造りをしませんとね」

ハンナは働きづめで固くなった手で、マーチ夫人の柔らかい手を握る。それから夫人の分も働かなければと決意した様子で荷造りをしに向かった。

「ローリー、申し訳ないけれど頼まれてくれるかしら」

「もちろん喜んで」

衝撃的な瞬間に偶然立ち会い息を潜《ひそ》めていたローリーは、一歩足を踏み出した。

今までのマーチ家への恩返しをするのだと、黒い目が決意に輝いている。

「すぐに行くと電報を打って欲しいの。次の列車は明日の早朝に出るから、それに乗るわ」

「他には何をすればいいですか？　馬車の準備はもうできているし、どこへでも行きますよ」

ローリーの有難《ありがた》い提案に、マーチ夫人は深く感謝した。

「キャロル伯母《おば》様に事情を話しておくわ。あなたたちの事もよく頼んでおかなくては。ジョー、悪いけれどそのペンと紙を貸してちょうだい」

マーチ夫人は紙を取りに行く時間も惜《お》しいとばかりに、ジョーが小説を書く為にテーブルに置いていた原稿用紙を一枚借りた。

キャロル・マーチは父・マーチ氏の伯母に当たる。お金持ちの未亡人で、マーチ家からそれほど離れていない場所に屋敷を構えて静かに暮らしていた。

マーチ夫人が倒れた夫のもとへ行くには旅費が必要だ。その旅費をキャロル伯母さんに工面《くめん》してもらわなくてはならない。

「ローリー、これをキャロル伯母様にお願い。でも急ぎ過ぎて事故など起こさないように気をつけてちょうだいね」

「もちろんですとも」

そう請《う》け合ったローリーだが、馬車を曳《ひ》くはずだった馬を駆って、窓の外を物凄い勢いで走って行くのが見えた。

マーチ夫人は姉妹たちに必要な物の買い出しや準備などを頼もうとしたが、精神的に参っているのが明らかだったので、メグが代わりに細かい指示を出した。

エイミーはハンナと一緒に屋根裏から一番大きな旅行鞄《かばん》を引っ張り出して階下まで運ぶと、必要な物をどんどん詰めていった。

静かな幸せを噛《か》みしめながら暮らしていた一家は、たった一通の電報によって、まるで突風にさらされて木の葉を全て散り散りにしてしまった大樹のように変わってしまった。

だが日頃の行いが、この可哀想《かわいそう》な家族へ救いの手を差し伸べる事となる。

ベスから知らせを受けて急いでやって来たローレンス氏は、マーチ夫人の留守《るす》中に姉妹の面倒を見ると約束したばかりか、ワシントンまで付き添ってくれるというのである。

だがさすがに年を取ったローレンス氏に長旅は頼めない。マーチ夫人はその申し出を残念そうに断った。

それでもマーチ夫人の不安が分かったのであろう。ローレンス氏は「少し待っておくれ」と言って屋敷に戻った。

するとすぐにローリーの家庭教師・ブルック先生がやって来た。

なんとローレンス氏に頼まれて、マーチ夫人の付き添いをしてくれるというのである。

それを聞いたメグは感謝のあまり言葉が出ない様子だった。

やっとの事でお礼を言うと、ブルック先生の両手を握る。

荷物を取りに行って手を握り合う二人に遭遇《そうぐう》したエイミーは、今はそれどころではないだろうと咳《せき》ばらいをした。

すぐに二人はパッと手を放して離れたが、エイミーは何となく気に入らなくてメグの手を引っ張って母を呼んでくるようにお願いする。

そしてエイミー自身はメグの代わりにブルック先生を応接間に案内した。

「こちらで少しお待ちくださいね」

「ええ。お気遣いなく」

素っ気ない態度のエイミーを、それでも子供ではなくちゃんとしたレディとして扱ってくれるのはなかなかポイントが高い。

茶色の目は優しそうだし、それほど仕立ての良い服を着ているというわけではないが、身なりも清潔でさっぱりとしている。

いかにも好青年といった姿で、これでお金持ちならメグの結婚相手としてもぴったりなのに、と思わずにはいられない。

エイミーはお金持ちのネッドをずっと推《お》しているのだが、エイミーが一生懸命おぜん立てしても、どうにもメグとのロマンスが始まらない。

相性が悪いのだろうかと思い始めてきた所だ。

（ブルック先生は、貧乏《びんぼう》な事だけがネックで、ハンサムだし性格はいいのよね。ローリーの家庭教師を辞めたら、ローレンスのおじさまの会社で働くのはどうかしら）

それはとても良い考えに思えたが、もしローレンス氏がそれほどブルック先生を買っているなら、もう既に声をかけているだろう。

そうじゃないという事は、つまり、そういう事だ。

ネッドは、性格は合わないがお金持ち。

ブルック先生は、真面目《まじめ》な好青年だが貧乏。

何ともうまく行かない事だと思いながら、それよりも荷造りの方が先だと、エイミーはマーチ夫人と入れ違いに応接室を出た。

それからハンナと一緒にトランクに衣類などを詰め込んでいく。

「お母様のエプロンはこれでいいかしら」

きっと看病をする時には必要だろうと、エイミーは白いエプロンを多めに入れておく。

「それから頭につける三角巾《さんかくきん》も必要だわ。今から急いでメグとベスに縫ってもらわなくちゃ」

ジョーはマーチ夫人に頼まれて軍人支援協会の事務所に行っている。ベスの家庭教師先のキング夫人への伝言と、必要な物の買い出しに行っているのだ。

そうして旅支度《たびじたく》を進めていると、キャロル伯母さんからの返事を受け取ったローリーが戻ってきた。

いつものお説教と共に同封されていたお金は、なんとかワシントンに行けるだけの金額だった。

マーチ夫人は有難《ありがた》くそのお金をしまうと、厳しい顔つきのまま手紙の方は燃やしてしまった。

「そういえば、ジョーがまだ帰ってきてない。探しに行ってくる」

マーチ夫人の旅支度を手伝っていたローリーが、柱時計を見てジョーの帰りが遅いのを心配し、飛び出して行った。

そのすぐ後に、ボンネットを深く被《かぶ》り、外出姿のジョーが形容しがたい表情で戻ってきた。

ちょうど玄関で鉢合《はちあ》わせしたエイミーは、一体どうしたのだろうと心配した。

いつも真っすぐで前しか見ていないようなジョーが、後悔の入り混じったような落ちこんだ顔をしている。

ジョーはエイミーの姿など見えないような様子で、足取りも重く居間へ向かった。

そしてメグたちと一緒に持って行くドレスのほつれを直していたマーチ夫人の前に立つと、声を詰まらせながら叫《さけ》んだ。

「お母様、これでお父様のもとへ行ってちょうだい。私、こんな事くらいしかできないから」

そう言って二十五ドルものお金をテーブルの上へ置く。

(二十五ドルって言ったら、未来の日本でも十万円くらいよ⁉　これならワシントンまで行って帰るのも苦じゃないわ。ジョーったらどうやって……？）

「ジョー、あなたどうやってこんな大金を……」

震える声で尋《たず》ねるマーチ夫人に、ジョーは何でもない風に答えた。

「ただ私の物を売っただけ。別に心配されるような事じゃない」

そう言ってジョーがボンネットを脱《ぬ》ぐと、マーチ家には悲鳴が沸《わ》き起こった。

「ジョー、何て事！」

両手に口を当ててメグが真《ま》っ青《さお》になる。

ジョーが自慢に思っていた長く美しい髪が、バッサリと切られていたのだ。

「思い切ったわね……」

エイミーは、絵美の記憶でショートカットの女性に忌避《きひ》感はなく素敵だと思っているが、それでも今の自分が髪を短くしたいとは思わない。

この時代では長く美しい髪が美人の条件の一つなのだ。

（今の髪型はジョーにとても良く似合ってるけど……）

「最初から髪の毛を売ろうと考えていたわけではないの。でも床屋の窓には値段がついたしっぽみたいな髪の毛の束《たば》が売られていて、私の髪より細い、黒い髪が四十ドルだったのよ。これなら私の髪の毛の方が綺麗《きれい》だし、私もお父様の為にお金を用意できるわって思って、衝動的にお店の中に入っちゃった」

確かにジョーの髪の毛は豊かで美しいが、茶色の髪はそれほど珍《めずら》しくなく、最初は買い取りを渋《しぶ》られてしまった。

「でもほら、エイミーが作ってくれたトリートメントの効果もあると思うんだけど、ありふれた茶色の髪とはちょっと違うぞって言われて、買い取ってもらえたの。それに息子さんが軍隊にいるらしくて、どうしてお金が必要なのか説明したら、多めにもらえたわ」

ジョーはあえて明るく何でもない事のように説明をしたが、話を聞いている誰もが、それがジョーの意地っ張りに過ぎない事を分かっていた。

「そんなに深刻そうな顔をしないで。私は全然へっちゃらなんだから。ほら、そろそろご飯の支度をしようよ。私、お腹《なか》がペコペコになっちゃった」

ジョーは切った髪の毛のうち、一房《ひとふさ》だけ思い出にともらっていた。

その髪の束を受け取ったマーチ夫人は美しい栗色《くりいろ》の髪をたたみ、マーチ氏が従軍する前に残した灰色の短い髪と一緒に机の中に大切そうにしまった。

「ありがとう、愛《いと》しい子」

マーチ夫人はそれだけしか言わなかったが、姉妹たちはその顔に名状しがたい何かを感じて話題を変えた。

ジョーを探しに行ってやっと戻ってきたローリーは、短い髪のジョーを見せてもらえることなく、玄関先でお礼の言葉と共にそのまま家へ帰された。

いくら息子を自称するジョーとはいえ、仲のいい男の子にいきなりこの姿を見られるのは辛《つら》いだろう、と家族が気を遣ったのだ。

いつもだったら文句を言う所だが、さっきまでの沈痛な雰囲気《ふんいき》とはまた違う物を感じたのか、ローリーは大人しくそのまま背を向けた。

夕食の後は、ベスが父・マーチ氏の好きな讃美歌をピアノで弾《ひ》いた。

ローレンス氏から贈られたピアノは、音をはずす事なく、柔らかな音を室内に響かせた。

祈りをこめた讃美歌は、やがて嗚咽《おえつ》に代わっていって、ベスだけがその美しい声を響かせた。

ベスにとっては、音楽こそが心の平安をもたらしてくれる存在だったのである。

「さあ、明日は早いからもうお眠りなさい」

マーチ夫人が優しくお休みの挨拶《あいさつ》をすると姉妹は部屋へと向かった。

エイミーは父の容体が心配で眠れないかと思ったが、色々な事があって疲れてしまったのか、すぐに寝てしまった。

メグもジョーも眠ってしまって部屋が完全な静寂《せいじゃく》に包まれた頃《ころ》、エイミーは優しい母のキスを受けたような気がするが、多分夢だったのかもしれない。

その夜、父のことで後悔《こうかい》をしていたエイミーだったが、悪夢にうなされることはなかった。

第八章　岐路《きろ》

翌朝早くにマーチ夫人がワシントンへ向かうと、姉妹《しまい》たちは「わたしたちは神に造られたものであり、しかも、神が前もって準備してくださった善《よ》い業《わざ》のために、キリスト・イエスにおいて造られたからです」というエフェソの信徒への手紙二章十節を体現するように、清く正しい行いを心掛けた。

だが神に善い行いをするように前もって造られておりそのためにあらかじめ準備がされているとはいっても、元々の努力家でなければ、ずっと努力をし続けるのは大変だ。

マーチ夫人が旅立ってしばらく経《た》つと、段々気のゆるみが現れてきた。

ジョーはショートヘアになったのに気をつけなかったせいでひどい風邪《かぜ》をひいたのをこれ幸いと、地下室へ引きこもって読書三昧《ざんまい》の日々を送っている。

メグは母に長い手紙を書いたり、ワシントンからの電報を読み返したりして時間を浪費していた。

エイミーも家事をがんばったが、それよりもエドモニアとの文通や、絵を描《か》く事に時間を取るようになっていった。

そんな姉妹の中ではベスだけが、善《よ》きサマリア人のごとく黙々と家の中の仕事を片付けていた。

マーチ夫人が旅立ってから十日ほど経《た》った頃《ころ》、そのベスは居間に集まっていた姉妹たちに遠慮《えんりょ》がちに尋《たず》ねた。

「メグ、フンメルさんのところに様子を見に行ってもらえないかしら。お母様が忘れないように、っておっしゃっていたでしょう？」

フンメルさんというのはドイツからの移民で、窓が割れ、家具一つないあばら家に住んでいる一家だ。マーチ家の近くに住んでいる為《ため》、度々《たびたび》援助をしている。

エイミーは我が家もそれほど裕福というわけではないのに、なぜわざわざ援助するのだろうと思わない事もないが、助け合いの精神が当たり前の時代なので仕方がない。

だが昨年の話になるが、クリスマスのご馳走《ちそう》までプレゼントしようとするのはどうなのだろうか。

皆で準備をして、さあこれから楽しいクリスマスだ、という時に「このご馳走を可《か》哀想なフンメルさんたちに差し上げましょう」とマーチ夫人が言い出した時は、絵美《えみ》の記憶を思い出す前であっても信じられないとしか言いようがなかった。

他の姉妹たちが賛成したから仕方なく賛成したが、育ち盛りのエイミーにとってはクリームにマフィン、そしてそば粉のお菓子を諦《あきら》めるのはとても辛《つら》かった。

もっともその出来事をハンナがお隣のローレンス家の女中さんに話して、それを感心だと思ったローレンス氏が紅白のアイスクリームやお菓子に果物《くだもの》、そして高価なフランスボンボンまで届けてくれたのがきっかけで両家が仲良くなったのだから、感謝すべき事ではある。

「ごめんなさい、疲れすぎてしまって午後からは行けないわ」

マーチ夫人がいつも座っていたロッキングチェアに揺られながら縫《ぬ》い物をしていたメグは、その日は縫い物をしていたい気分だったのでベスのお願いを断わった。

「だったらジョーはどう？」

「まだ風邪が治ってないし、こんな天気の日に外へ出たらぶり返しちゃうわ」

「てっきりもう良くなってるのかと思ってた」

ついさっきまでローリーと遊んでいたのをさりげなく指摘されて、ジョーは言い訳をするように慌てて答える。

「ローリーは健康だから一緒に出掛けてもいいけど、ほら、もし私が行ってフンメルさんたちに風邪を移しちゃいけないからさ」

自分でもうまい言い訳だとは思っていないのだろう。ジョーはそっと目を逸《そ》らしながらエイミーに矛先《ほこさき》を向けた。

「エイミーだったら暇でしょ」

きっとそれを言ったのがジョーでなければ、エイミーもそれほど反発をする事はなかっただろう。だが、同じ芸術の分野で競い合うジョーだったのが、よくなかった。

「私だって忙しいわよ。次にエドモニアに会うまでに作品を仕上げておきたいと思ってるんだから」

とっさに言い返したが、それは本当の事だった。

エドモニアとは文通もしているが、お互いの作品を見せ合って「ここがいい」とか「あそこがいい」とお互いに褒《ほ》め合っているのだ。

この「褒め合う」だけというのが重要で、批判される事のない批評は、お互いの自尊心をとても高めてくれていた。

現代の美術の記憶があるエイミーからすると、エドモニアの作品には粗削《あらけず》りなところもあるが、それがまた魅力だと言えなくもない。

先生ではなく、友達なのだ。

この関係性が一番良いとエイミーは思っている。

そんな姉妹の答えに困ったベスが、眉根《まゆね》を寄せながら頬《ほお》に手を当てて嘆《なげ》いた。

「数日前から赤ちゃんが病気で、どうしたらいいのか分からなくて……。私もちょっと熱っぽいし……。フンメル夫人は仕事に行ってしまうから、長女のシャルロッテがお世話をしているの。でもどんどん具合が悪くなってきてるから、メグかハンナに見てもらいたいのよ」

そこまで言われては断れない。メグも明日なら行くと約束をした。

「ベス、ちゃんとマスクしてる？」

――熱っぽい？

ふとエイミーが心配になって尋ねると、ベスは安心させるように頷《うなず》いた。

「してるわ。でも赤ちゃんがぐずると取ってしまうの」

「それじゃ意味ないじゃない。ちゃんとしないとダメよ」

幸せな生活が続いていたのと、打って変わっての父への心配で、ベスのことが少しおろそかになっていたかもしれない。今更だが、エイミーが行ってやった方がいいだろうか。

「そうね。分かってるんだけど……」

困ったようなベスに、ジョーが助け船のつもりで言葉をはさむ。

「ハンナに頼んで何か残り物を持っていったら？　熱っぽいなら、ベスも外の冷たい空気に触れた方がいいんじゃない？」

その他人事《ひとごと》のような言い方に、エイミーはカチンときた。

「だったらジョーが行けばいいじゃない」

エイミーが両手に腰を当てて言うと、ジョーがムッとしたように反論する。

「病気の子の所に風邪をひいている私が行けるはずないでしょう」

「ローリーと遊ぶ元気があるんだからもう治ってるわよ」

「それに今書いてる小説が良いところなのよ。中断させたくないわ」

「皆自分がやりたい事を我慢してフンメルさんの家に行ってるのよ。ジョーだけずるいわ」

「そんな事言うならエイミーはどうなのよ。あんたが行けばいいじゃない！」

「私が行ったって役に立たないでしょう」

「残り物運ぶくらい、ロバにだってできるわよ」

「なんですって！」

「二人とも、もう止《や》めて！」

段々ヒートアップしていく二人にたまりかねて、ベスが叫んだ。

いつもは大人しいベスの剣幕に、ジョーもエイミーも動きを止める。

ベスの青白い頬が興奮の為か真っ赤に染まっている。

「いいわ、私が行く。だからもう喧嘩《けんか》しないで」

そう言って食べ物を籠《かご》に入れたベスはそのまま家を出ようとする。

「待ってベス！」

慌ててベスを止めたエイミーは、いつもと様子が違うのに気がついた。

思わず興奮したのが恥《は》ずかしいのか唇《くちびる》をかみしめているベスの顔色が、いつもより白い気がする。

「ベス、具合が悪いの？」

エイミーが心配そうに尋ねると、ベスは少しうつむいた。

頬に髪がかかって陰ができると、ここしばらくの心労と労働で、少し頬がこけてしまっているのが分かる。

「少し頭痛もするの。だから代わりに行ってもらいたくて」

エイミーは体調の悪そうなベスに無理はさせられないと、ベッドで休むように促《うなが》した。

その腕をとると、冷たさに驚く。同時に、あの氷の下で見た映像が浮かんだ。冷たい氷よりも更に心を凍《こお》らせた、読書感想文を発表した時の絵美の姿がフラッシュバックする。

『若草物語を読んだ感想は、三女のベスが死んでしまって悲しかったです』

絵美の声が、まるで魔女の宣言のように耳の奥でこだまする。

ちょうどその時、ホールクロックが大きな音を立てて時間を知らせた。

それがまるで死神の奏《かな》でる音のようで、エイミーは思わず耳をふさぐ。

「やめて！」

しゃがみこんでガタガタ震えるエイミーの尋常《じんじょう》でない姿に圧倒されたのか、意地っ張りのジョーも思わず謝ってきた。

「ごめん、エイミー。あんな事、言うんじゃなかった」

しばらく耳をふさいでいたエイミーは、恐る恐る目を開けて周りを見る。

心配そうにこちらを見る姉妹たちの数は三人。

大丈夫。まだ誰《だれ》も欠《か》けていない。

エイミーはその事実をひとまず確認し、ぐっと顎《あご》を引いた。

「ううん。私も言い方が悪かったわ。ごめんねジョー」

――私がこの幸せを守らなきゃいけない。守るんだ。

差し出された手を仲直りの合図にして、二人はフンメルさんの家に食料を届けに行く事にした。ベスにはしっかり休んでおくように言い含める。

十一月ともなると空気がだんだん冷たくなっていく。

ジョーは風邪をぶり返さないよう、短い髪をすっぽり覆《おお》い隠すように頭にストールを巻き、動きやすい毛織のドレスと男物のコートを羽織《はお》っている。

エイミーはそれよりも女の子らしいドレスだが、従妹《いとこ》のお下がりなのでくすんだ紫に黄色の水玉模様というセンスのかけらもないものだった。これもお下がりの派手《はで》な赤いコートを着れば、中に何を着ているか分からないのが幸いだ。

「ジョーはあれからどうなの？」

「どうって？」

「新聞小説」

ジョーの処女作は見事に新聞に掲載されたが、どうやら次回作に苦しんでいるようで、なかなか次の掲載までたどり着かない。

小説に関しては完璧《かんぺき》主義のきらいがあるジョーは、ああでもないこうでもないと、大量の紙を消費しながらそれを全部屑籠《くずかご》に投げ捨てている。

その様子に、そっとしておこうというのが家族たちの暗黙の了解になっていたが、今なら聞いてもいいだろうと話題にしてみた。

家族の幸せ、ひとりひとりのやりたいことを実現させるのも、自分の仕事ではないかと改めて思ったのだ。

小説と絵で、方向性は違うが、どちらも才能を必要とする仕事だ。

エイミーはまだ画家の卵でしかないけれど、自分ならばジョーの気持ちが理解できると自負していた。

「絶好調よ」

でもジョーは妹に愚痴《ぐち》など言えないと思っているのか、虚勢を張った。

エイミーの口から、白い息がこぼれる。

そろそろ季節は冬に向かっていて、吐く息が白くなってきている。頬に当たる風もだいぶ冷たい。

「そう。なんだか書いていて楽しそうに見えなかったから」

「そんな事ないよ」

「もし物語を書きたいっていう純粋《じゅんすい》な気持ちじゃなくて、新聞に載りたいっていうだけで書いてるなら、良い作品にはならないんじゃないかなって思って」

ジョーのほうを見られずに前を向いたままのエイミーに、ジョーはカッとして反論しようと思ったが灰色の目を鋭くさせただけで黙りこんだ。

そのまま二人でフンメル家へと向かう。

先に沈黙に耐《た》えられなくなったのはジョーのほうだった。

「エイミーは、どんな画家になりたいと思ってるのさ」

お互いに自分の才能一つで成功しようと思っているのに、こんな話をした事はなかったなと考えながらエイミーは答えた。

「見た人が幸せな気分になれるような絵を描きたい」

かつて絵美が見た、美術館に展示された絵の数々を思い出す。

どれも素晴らしい絵ばかりだったけれど、モネの「睡蓮《すいれん》」のような、ルノワールの「ピアノに寄る少女たち」のような、見た人が幸せな気持ちになれるような、そんな絵を描きたい。

今の主流は写実性と丁寧《ていねい》な仕上げを重視するアカデミズム絵画だが、エイミーはもっと柔らかい色の絵が好きだ。

エイミーの脳裏《のうり》に、いつか描きたいと思っている、ベスの弾《ひ》くピアノを聞く姉妹の構図が浮かぶ。

暖炉《だんろ》の上に飾《かざ》るのが似合いそうな、心温まる絵になりそうだ。

未熟なエイミーの技術では、まだちゃんと納得のいくものが描けそうにないが、いつかこの心の中に浮かぶ四姉妹の絵を描きたい。

「でもそれは絵だからそう思うわけであって、小説の場合はまた違うんじゃないかな。悲劇であってもそのお話の中に、どんなメッセージを込めるかだと思う。ええと、つまり、こういう悲劇は二度と起こしちゃダメだとか」

エイミーは新聞に載ったジョーの小説が悲劇だった事を思い出して慌てて付け加えた。

そっと横を見ると、ジョーはいつもきつく結んでいる口元を、さらに固くしている。冷たい風が吹いて頭に巻いたショールを巻きなおすと、その表情が隠れてしまった。

「でも、結局は書きたい物を書くのが一番だと思う」

絵も小説も、作者の頭の中にあるイメージを形にして発表する物だ。そこに「かきたい」という情熱がなければ、良い作品にはならないだろう。

ジョーはエイミーの言葉に返事をしなかったが、反論もせずにただ前を向いていた。

エイミーも、それ以上の言葉をかけるのをためらった。

あまり楽しい気分とは言えない束の間《つかま》の二人旅の後、二人はようやくフンメル家へと到着した。

廃屋《はいおく》に近いような小屋だったが、こうして見ると去年のクリスマスよりは修繕《しゅうぜん》されているように見える。

壁の隙間《すきま》には板が打ちつけられており、屋根も修理したような跡がある。

それでも育ち盛りの子供たちが暮らしているからか、はずれかけている板もあって、これから冬に向かってもっと寒くなるのに大丈夫だろうかと、エイミーは他人事ながら心配になった。

アメリカ合衆国は移民の国だ。

ヨーロッパから最初に定住したのは、一六二〇年にイングランド王とスコットランド王を兼ねるジェームズ一世による宗教弾圧を恐れてメイフラワー号に乗った、イギリスの清教徒たちである。

現在のマサチューセッツ州プリマスにあった「ニュー・プリマス」という地域に入植した彼らは様々な苦難の末、入植地を発展させていった。

それから次々とヨーロッパからの移民がアメリカの地を踏《ふ》んだが、ここ十年ほどはヨーロッパ全土に及ぶ飢饉《ききん》などにより移民の数が膨《ふく》れ上がった。

特にアイルランドのジャガイモ飢饉でアイルランド人が、ドイツの三月革命の失敗によりドイツ人が多くアメリカに移民している。

ちょうどアメリカでは南北の対立が深まっていて、戦争が始まると合衆国政府は兵力増強の為、北軍兵士として戦った移民には土地を与えると約束した。

元々貧しかったフンメル一家はその土地を目当てにドイツから移住してきた。

しかし土地こそ与えられたものの、その上に建つ家は自分で建てなければいけなかったので、フンメル一家の家はあばら家同然の物になってしまったのだ。

今は夫であるフンメル氏が従軍して不在なので、この家はフンメル夫人が一人で守っている。

「ジョー、マスクは？」

家に入る前にしっかり手作りのマスクをつけたエイミーは、隣に立つジョーが手ぶらなのに気がついて顔をしかめる。

「あんなのカッコ悪いよ」

「ローリーからもらったつば広の帽子《ぼうし》よりはマシでしょう。病気が移るかもしれないんだから、持ってこないとダメじゃない」

ジョーはエイミーのお小言を無視して、粗末《そまつ》なドアをノックした。

「ちょっとジョー」

「ほら、籠を置いてすぐ帰ればいいでしょ」

軽く言い争っていると子供の声で小さく「どうぞ」と返事があった。エイミーは仕方なく、そのまま外と変わらない気温の室内へ入る。

相変わらず家具の少ない寒々とした部屋だが、これでもマーチ夫人の尽力《じんりょく》で少しは家具が増えている。

壁際にポツンと置かれたぼろぼろのベッドの上には、キルトの上掛けだけが載っていた。

エイミーはこんなに狭いベッドでどうやって家族七人で眠っているんだろうと不思議に思うが、部屋の奥にある暖炉に火はついていないから、凍死《とうし》を防ぐ為にもぎゅうぎゅうになって眠っているのだろうと納得した。

そのベッドの上には長女のシャルロッテがまだ一歳になっていない妹を抱いて座っていて、目ばかり目立つ不安そうな顔を向けてきた。

「こんにちは」

「こんにちは……」

ジョーが足のグラグラとしているテーブルの上に籠を置くと、シャルロッテが力なく挨拶《あいさつ》を返した。

一番年上のハインリッヒも、ベッドの上で膝《ひざ》を抱えている。

エイミーはそのあまりにも異様な雰囲気《ふんいき》に、思わずジョーと目を見交《みか》わした。同時にエイミーは、絵美の頃《ころ》の寂《さび》しくお金のなかった日々を思い出していた。

どうして自分はベスのように彼女たちを助けてあげなかったのだろう。辛い過去の記憶があるというのに。

今の幸せを大切にするのも重要だが、折角生まれ変わったことをもっと他人のために生かすべきではなかったか。

割れた窓は何とか修理されたが隙間風まではどうにもできなかったらしく、誰かから施《ほどこ》してもらったらしい色あせたモスグリーンのカーテンがパタパタと揺れていた。

「赤ちゃんの具合はどう？」

「今、お母さんがお医者さんを呼びに行った」

夫が従軍したおかげで土地を手に入れたといっても、生活費までは賄《まかな》えない。そこで外に働きに行っているのだが、仕事を休んでまで医者を呼びに行ったという事は、とても具合が悪いのではないだろうか。

ジョーはシャルロッテの抱いている赤ちゃんをひょいと覗《のぞ》きこんだ。

そして赤ちゃんの顔に赤い発疹《ほっしん》がたくさんあるのに気がついて顔色を変える。

「しょう紅熱《こうねつ》だわ！」

しょう紅熱というのは細菌の一種による感染症で、現代であれば抗生剤を飲んで治すことができるのだが、この時代では自然に治す事しかできない病気だ。

ジョーは何年か前にメグと一緒に罹ったことがあるが、ベスとエイミーはまだ罹ったことがない。

「大変！　エイミー、すぐに家に帰るのよ。そしてベスの……、ああ、ダメだわ。メグにベスの様子を見てきてもらってちょうだい。もう移ってるかもしれないから」

「ジョーはどうするの？」

「私はもう罹ってるから大丈夫。さあ、早く行って！」

エイミーは他の子供たちはどうなるのだろうかと考えた。もし赤ちゃんがしょう紅熱に罹っていたとしたら、もう既《すで》に移っているかもしれないし、エイミー自身の感染を防ぐ為にもここに長居できない。

それでも、放っておくことなどできなかった。ベスの代わりに来たことで、本来の『若草物語』から変わっていることを祈りたい。

「いやよ！　私もできることをやる！」

エイミーはしっかりマスクをして、中にはなるべく入らないようにしながら、ジョーにすべきことを指示する。この時代にはないもの。そして赤ちゃんのためにできること。絵美の記憶を総動員する。

（絵美が風邪の時に作っていたスポーツドリンクを作ろう。砂糖と塩と水を混ぜて飲めば脱水症状になりにくいのよね。栄養素も高いはず）

「分かったわ」

エイミーの鬼気迫る表情に何かを感じたのか、ジョーは素直に頷いた。それを見たエイミーはマスクを押さえながら、再び冷たい空気の外へ出た。

さっきまでは気まずい雰囲気だったジョーだが、こんな時にはとても頼りがいがある。

ゆっくりと来た道を急いで戻ると、エイミーだけが戻った事に縫い物をしていたメグが驚いたように「あら、ずい分早いのね」と言った。

「ジョーはどうしたの？」

「メグ、フンメルさんの所の赤ちゃんがしょう紅熱に罹ってたの。フンメルさんの奥さんがお医者さんを呼びに行ってる間、ジョーが子供たちについてくれてる」

「しょう紅熱？　エイミーはまだ罹ってないでしょう。大丈夫？」

「私はマスクしていたから平気。これからちゃんと手も洗ってうがいをするから。それより、ずっとフンメルさんの家に通っていたベスが心配なの。さっき具合が悪いって言ってたよね？」

「ちょっと見てくるわ」

「お願い」

縫い針をしまったメグは、心配して台所から現れたハンナを伴って急いで部屋へと向かった。

エイミーは手洗いとうがいをしにいく。

水を出して石鹼《せっけん》で手を洗うと、その手がかすかに震えているのに気がついた。

「大丈夫。ベスは病気になってない。だから大丈夫」

自分に言い聞かせるように言うと、居間に戻ってメグが戻ってくるのを待つ。

しばらく待っていると、メグが悲痛な面持《おもも》ちで階段を下りてきた。

「ベスの顔が真っ赤なの。……しょう紅熱だわ」

エイミーの体がグラリと揺れる。

防げなかった……。

ベスが病に倒れるのを、防げなかった……。

とてつもない後悔が、エイミーを襲う。

足に力が入らなくて、思わずソファーに倒れこんだ。

メグは慌ててエイミーの隣に座り、そっと震える体を抱きしめる。

優しい姉の匂《にお》いに包まれて、エイミーは徐々に落ち着きを取り戻していった。

「ハンナがずっとついてくれているから、きっと大丈夫。それに私もジョーも罹った事があるけど、そんなにひどくならなかったもの」

エイミーは揺れる瞳《ひとみ》でメグを見上げる。穏やかな顔は嘘《うそ》をついているようには見えなかった。

「少し熱が出てるけど、きっとすぐに治るわ。でも移る病気だからあなたはマーチ伯《お》母《ば》さまのところへ行かないと」

「嫌よそんなの。私もベスの看病をする」

「あなたまでしょう紅熱に罹ったらどうするの」

「大丈夫、マスクがあるもの」

エイミーはポケットからさっきしまったばかりのマスクを取り出した。

同じものを何度も使うのは逆に不衛生になるので、洗い替え用のマスクを何枚か作っておかなければならない。

「メグ、しょう紅熱になったらどういう症状が出るの?」

「体中に赤い湿疹ができて、熱が高くなったり喉《のど》が痛くなったりするわ」

だとすれば、インフルエンザのような物かもしれない。先程のフンメル家の赤ちゃんへの対応も、あれで良かったのではないだろうか。

「熱が高くなったら首と脇《わき》に冷たいタオルを当てて冷やさなくちゃ。それから適度な湿度も大切だわ。タライにお湯を張るのと暖炉のある部屋で上にケトルを置くの、どっちがいいだろう」

色々と準備をしなくてはいけないと思いながら立ち上がると、メグに手を引かれて再びソファーの上に倒れこんだ。

「駄目よ、エイミー。あなたはすぐに支度をしてキャロル伯母さまの所に行きなさい」

「だって……」

後悔に身を包まれ、とにかく何かできることはないかと心をはやらせるエイミーに、メグは言い聞かせるように言った。

そして美しい手を、そっとエイミーの頬に添える。

「聞いてちょうだい。私が前にしょう紅熱に罹ったすぐ後にジョーが罹ったでしょう？　家の中に二人も病人がいると、お世話する人はとても大変で、お母様はかなりお疲れでいらしたわ。今この家にはお母様がいないから、もしエイミーも病気に罹ってしまったとしたら、同じようにお世話をする自信がないのよ。良い子だから、キャロル伯母様の所へ避難していらっしゃい」

「でも……」

そこへちょうど帰る途中でローリーと鉢合わせたジョーが、ローリーと一緒に戻ってきた。

「ジョー、赤ちゃんは？」

「なんとか、峠《とうげ》は越したみたい。でも、まだ分からない」

あの冷たい川の氷の下で足元まで忍び寄っていた「死」が、再びゆっくりと近づいてきているような気がする。

「誰かお医者さんのバングズ先生を呼んで来てもらえませんかね」

ベスの看病をしていたハンナが、姉妹の集まる居間に顔を出した。一度台所に寄ったのか、手には冷たい水の入ったタライとタオルを持っている。

「そういえばベスがいない。ベスは？」

帰って来たばかりのジョーが、顔色を更に悪くして部屋を見回す。そしてベスの姿がないのに気付くと、すぐに二階へ駆け上がっていく。

取り残された形になったローリーは、心配そうにその後ろ姿《うし》を見送ったが、ハンナに自分が医者を呼んでこようと提案した。

「助かりますよ、ローレンスの坊ちゃま。バングズ先生の家はご存じで?」

「うん。知ってるよ。今から呼びに行ってくる」

「ありがとうございます、助かります。しょう紅熱は移るから、エイミー嬢ちゃんも支度《したく》してマーチの伯母様んとこへ行かないとダメですよ」

「嫌よ、私行かないわ」

エイミーはハンナの指示には絶対に従わないという断固たる意志を持っていた。転生した自分が救わなければ、一体誰が救えるというのだ。

マスクをつけていれば完全とは言えないまでも病気の予防にはなるし、スポーツドリンクの作り方はエイミーしか知らないのだから。

「でも、しょう紅熱が移ってしまうかもしれないのよ」

メグは何とかしてエイミーを病気から離しておきたいと思うのだが、自分しかベスを救えないと思っているエイミーは首を縦に振らなかった。

「気をつけていれば大丈夫」

いくらエイミーが自分にしかベスを治せないと思っていても、それを皆に説明したところで信じてはもらえない。

（どれくらいの感染力か分からないけど、皆にも手洗いをしてもらって直接看病する時間を減らせば、私が感染するリスクは減らせるはず。そういうことが分かっているのも、私しかいないのだから）

そんなエイミーに、医者を呼びに行こうとしていたローリーが声をかける。

「ベスの容態なら、僕が毎日伝えに行くよ。ベスだって自分のせいでエイミーが病気になったら悲しむと思う。絶対に病気にならないっていう自信がどこから来るのか分からないけど、もし本当にしょう紅熱が移ってしまったら辛い思いをするのはエイミーなんだよ」

ローリーの説得に、エイミーにも迷いが出た。

確かに、自分が罹らないという確証はない。これまで絵美とエイミーの話を聞いてくれてきた、そして幸せな時間をくれた彼らを信じて託《たく》すのも、また運命なのだろうか。

これも、そんな家族がいなかった絵美に対する、ナナボーゾの一つの試練なのかもしれない。

「本当に……毎日来てくれる？」

エイミーは逃げるようになる事に後ろめたさを感じて、素直にローリーの申し出を受けられずにいた。

だから何度も試すように聞いてしまう。

「紳士《しんし》の名誉《めいよ》にかけて」

「ベスが元気になったらすぐ家に帰してくれる？」

「すぐにね」

「分かった、行く」

「うん。いい子だ」

そう言って子供にするように頭を撫《な》でられた。

「じゃあ僕はお医者さんを呼んでくる。戻ってくるまでに支度しておいで」

エイミーは頷いてキャロル伯母さんの家に行く支度をした。

姉妹の部屋に行くと、そこにベスはいなかった。

どうやらマーチ夫人の部屋で眠っているようだ。

家を出る前に一目顔を見てから行きたかったが、そのまま行く事にした。

エイミーはぽたぽたと涙をこぼしながら、支度をする。

そして小さなトランクの上に、エドモニアからもらった木彫《きぼ》りのウサギを載せた。

「あなたの友達にふさわしい、強い人になると決めたから……」

エイミーはトランクを閉めると、乱暴な仕草で涙をぬぐった。

「泣いてる時間なんてない。スポーツドリンクの作り方とかを書いておかなくちゃ」

ジョーが原稿用紙を入れている引き出しから紙を一枚取り出して、メモを残していく。

途中で字がにじんでしまったが、読めない事はないだろう。

メモを持って母親の部屋へ行き、小さな声でジョーを呼ぶ。ジョーはドアを少し開けると、外出着のままのエイミーを見た。

「伯母さんの所へ行くのね？」

「うん」

エイミーはジョーの向こうに見えるベッドに目を向けた。

ここからでは少し膨《ふく》らんだ毛布しか見えない。

ベスは、大丈夫だろうか。

「ジョーにお願いがあるの」

「お願い？」

ジョーは意外そうにエイミーを見下ろす。

背の高いジョーにこんな風に見下ろされると、なんだか馬鹿にされたように感じて嫌いだったが、今日のエイミーにはそれが頼もしく見えた。

「ベスが水を欲しがったらあの赤ちゃんと同じ、これをあげて。それと部屋の中の湿度を一定にして、それから……」

またじわりと涙がにじみそうになって、慌ててうつむく。

下を向いていると、メモを持った手にジョーの手が重なった。

「大丈夫。私がエイミーの分まで看病するから。この紙の通りにすればいいの？」

「うん」

「分かった。だからエイミーは心配しないで迎えに行くのを待ってて」

「ベスの事、お願いね」

「もちろん」

エイミーはもう一度眠っているベスを見ると、名残惜《なごりお》しげに階段を下りた。

その後ろ姿をジョーが見守る。

そうして後ろ髪を引かれつつも、信じて託す、それも家族だと思い、エイミーはマーチ家を後にした。

第九章　キャロル伯母《おば》さん

キャロル伯母《おば》さんは、厳密に言えば父・マーチ氏の父の姉、つまり本当は父の伯母なので、姉妹《しまい》たちにとっては大伯母になる。

亡き夫から受け継いだ財産を投資で増やし、年嵩《としかさ》のフランス人メイドのエスターに身の回りを任せて、プラムフィールドで悠々自適の生活をしている。

マーチ氏が友人に騙《だま》されて財産を失った時、子供がいなかったキャロル伯母さんはマーチ家の姉妹の誰《だれ》か一人を養女にする事を申し出た。

だがマーチ夫妻は家族が一緒にいる事こそが幸せなのだと、その申し出を断った。

それに腹を立てたキャロル伯母さんはしばらくマーチ家との付き合いを断っていたが、たまたま友人の家でジョーに会った時、そのおどけた顔とぶっきらぼうな態度を気に入ってレディズ・コンパニオンとして雇う事にした。

レディズ・コンパニオンというのは、未亡人、未婚で一人暮らしの女性、家族に男性しかおらず家庭教師《カヴァネス》を持つには年嵩の未婚女性の、話し相手になったり簡単な身の回りの世話をしたりする職業である。

家庭教師に並ぶ、中流以上の家庭の子女が選べる数少ない働き口の一つだ。

誰もが短気なジョーには向いていない仕事だと思ったが、度々大喧嘩《たびたびおおげんか》をする事があってもこの二人は案外ウマが合うらしく、いつもすぐに仲直りをしていた。

でもエイミーはまだ小さかった事もあって、たまに会うキャロル伯母さんの事が怖かった。

すぐに怒鳴《どな》りつけるのも身がすくむようだし、なによりシワシワの手や顔が魔女のようで恐ろしかった。

（いつも怒っているから、口もへの字になっちゃってるのよね……）

だが嫌味を言いつつも、いつも金銭的にマーチ家を助けてくれる事を思えば、根はとても良い人なのだろう。

そう思って接してみれば、絵美《えみ》が祖父母と暮らしていた記憶があるから年寄りの長い話にも我慢《がまん》ができたし、大人しく良い子にしていれば機嫌《きげん》が良い事が分かったので、キャロル伯母さんの家での暮らしは、それほど辛《つら》くはなかった。

ベスの方も、早めにバングズ先生に診《み》てもらったからか、スポーツドリンクや湿度の維持が良かったのか、それともエイミーのこれまでの体力をつけようお散歩作戦が功を奏したのか、それほど重篤《じゅうとく》化していなかったので、心の重しが取れたかのようにすっきりした。

ずっとずっと、ベスの死の恐怖に怯《おび》えていた。

もしかしたら、これはあの物語でのベスの死に繋がる病気ではなかったのかもしれない。

でも、あの恐怖、そして家族に託《たく》すと決めて一歩踏み出せたことから、これでやっと乗り越えたというような不思議な気持ちになったのだ。

あとはゆっくり、ベスが回復するのを待てばいい。

ただキャロル伯母さんの教えは六十年も前のやり方なので、慣れるまでは大変だった。

エイミーの一日は、まず毎朝朝食の後の片づけをするところから始まる。

カップを洗ったり、時代遅れのスプーンや丸い銀のティーポットやグラスをピカピカになるまで磨《みが》いたりしなければならない。

それが終わったら自分の部屋の掃除だ。

キャロル伯母さんの家の家具は高価な物が多く、猫脚の椅子《いす》なども彫刻《ちょうこく》が細かいので綺麗《きれい》にホコリを取るのが難しい。

しかもキャロル伯母さんは綺麗に掃除《そうじ》ができたか指でなぞって確かめるので、手を抜く事は許されない。

（絵美が使っていたホコリ取りが欲しいわ）

百円均一で売っているホコリ取りだったとしても、さっと一拭《ひとふ》きで綺麗になるだろう。

（絵美の時代には、今よりもずっと便利な生活を送れるのよね）

ただ、あの頃《ころ》の生活への憧憬《どうけい》はない。

むしろ今のこの、不便だけれども自然が美しく、愛する家族に囲まれている「普通の生活」がどんなに恵まれているかというのを実感している。

朝露《あさつゆ》に濡《ぬ》れて咲きほころぶ花も、抜けるような空の青さも、まるで特別な絵の具を使っていろどったかのように美しい。

深く息を吸えば濃い緑の香りがして、エイミーはこの時代なりの豊かさを愛さずにはいられなかった。

だがキャロル伯母さんの飼っているオウムだけは最悪だった。

誰が教えたのか分からないがスペイン語の罵詈雑言《ばりぞうごん》のレパートリーを持つオウムの

ポリーは、エイミーがチヤホヤしてくれないのが分かると、髪の毛を引っ張ったり、掃除し終わったばかりのケージにパンやミルクをひっくり返す嫌がらせをしたりと、やりたい放題だった。

ポリーはオウムの中でもとりわけ賢《かしこ》く、キャロル伯母さんがうとうとしている時にわざと飼い犬のモップをつついて吠《ほ》えさせて起こし、エイミーのホッと一息つく時間を潰《つぶ》したりもした。

そしてこの犬も性格が悪かった。

キャロル伯母さんからたらふくおいしい餌《えさ》をもらっているのか丸々と太っていて、キャロル伯母さんと同じくらい怒りんぼうだった。

エイミーが丁寧《ていねい》に毛づくろいしてやっても、唸《うな》るばかりで全く懐《なつ》かない。何か食べ物が欲しい時だけお腹《なか》を見せて、早く寄越せとばかりに催促《さいそく》してきた。

問題があるのはペットだけではない。

料理人は気性が荒く、年老いた馬車の御者は耳が遠い。

年嵩のメイドのエスターだけが、プラムフィールドで唯一《ゆいいつ》まともな人間だった。

フランス人のエスターの本名は「エステル」だったが、キャロル伯母さんはうまく発音できないことから「エスター」に改名するように命令した。

フランス人のエスターはカトリックの信者だったが、改宗しない事を条件に、それに従った。

宗教戦争はこの時代でも昔の出来事のように思えるが、それでもまだまだ対立がないわけではない。

未来においても未《いま》だその問題は解決されていないのだから、異なる宗教を認めるというのはなかなかに難しい事なのかもしれない。

エスターはエイミーの事をとても気に入り、フランスで暮らしていた時のおもしろい話をたくさん聞かせてくれた。

そして屋敷の中の、とっておきの場所も案内してくれた。

特に興味をひいたのは衣装《いしよう》部屋だ。

大きな衣装ダンスや昔の衣装箱が置いてある部屋は、少し薄暗くて埃《ほこり》っぽい匂《にお》いがする。

ゴブラン織りのカーテンは一日中閉められていて、それをエイミーが見る時だけほんの少し開けてくれる。

すると光がさあっと部屋の中を照らし、スターダストのようなきらめきが、何とも言えない幻想的な空気を生み出した。

その奥にひっそりと置いてあるインド風のタンスの中の宝石箱には、特に貴重な装《そう》飾品《しょくひん》が納められている。

キャロル・マーチが社交界にデビューした時に着けていた真っ赤なガーネットのネックレスとイヤリングのセット、結婚式の日に父からもらった大きな真珠《しんじゅ》、そして亡《な》き夫からもらったダイヤモンドの婚約指輪。

黒玉《こくぎょく》という化石化した樹木を使った故人を偲《しの》ぶ為《ため》の指輪には、キャロル伯母さんの亡くなった夫と娘の名前が刻《きざ》まれていて、大切にしまわれていた。

その横にある変わった形のロケットペンダントには、亡くなった友人の肖像画としだれ柳《やなぎ》のような遺髪が入っていた。

小さな赤ちゃん用のブレスレットは、小さな頃に亡くなってしまったキャロル伯母さんの娘の物だろう。

他にも伯父《おじ》（大伯父）が大切にしていて、何度か手に取って遊んだ事のある大きな腕時計があった。

そしてもう太って入らなくなった結婚指輪だけが、個別の箱に入れられて大切に保管されていた。

あのいつも不機嫌なキャロル伯母さんが、それだけ亡き夫と娘を大切にしているのだという証《あかし》を見るのは、とても心が安らいだ。

「もし伯母様が形見分《かたみ》けをくださると言うなら、マドモワゼルはどれを選びますか？」

フランス人のエスターは、いつもエイミーを「小さなマドモワゼル」と呼んだ。

その呼び方は自分が特別な存在になったようで、とても気分がいい。

「そんなの考えられないわ。伯母様には長生きして頂きたいもの」

慣れるのが大変、ペットは意地悪、使用人は一癖《ひとくせ》あり、そう文句を言いながらも、この短い期間でエイミーはすっかりキャロル伯母さんが好きになっていた。

かなり偏屈《へんくつ》なところはあるものの、実は愛情深い優しい人だ。

「それはそうでございますが、なにせお年を召していらっしゃいますしね。その時の事はよう く考えておいでですよ」

確かに父の伯母に当たるキャロル伯母さんはかなりの高齢だ。

そしてもしかしたら、遺産を甥《おい》に譲《ゆず》ったら、すべてボランティアに費《つい》やしてしまうと危惧《きぐ》しているのかもしれない。

エイミーは両親の事がとても好きだが、あの極端なまでの清貧好きには辟易《へきえき》している。

絵美の記憶がない頃は、素直に素晴らしい行いだと思っていたが、本来ボランティアというのは、自分の身を削《けず》ってまでする事ではない。

ノブレスオブリージュの精神は、富める者が貧しい者に施すから意味をなすのであって、貧しい者が食費を切り詰めてまでやるものではない。

「そうね……もし選ぶならこれがいいわ」

そう言ってエイミーは、金と黒檀《こくたん》でできたずっしりと重そうな十字架《じゅうじか》のネックレスを指した。

「さすがマドモワゼルはお目が高い。私もそれが一番素晴らしいと思います。といっても、私の場合は首飾りではなく、ロザリオにして使いたいのですけれど」

同じキリスト教徒といってもエイミーたちプロテスタントとエスターのようなカトリックとではお祈りの仕方も違う。

エスターの言うロザリオはエイミーからするとネックレスにしか見えないが、エスターは手で手繰《たぐ》って祈りの回数を数えるのに使うのだ。

その祈りの言葉もカトリックとプロテスタントでは少し違っていて、エイミーはエスターの少し低い声から紡《つむ》ぎ出される聖句を聞くのが好きだった。

「エスターは神への祈りで心を穏《おだ》やかにできるのね。私にもできるかしら」

「宗派は違えど信仰《しんこう》さえあれば大丈夫ですとも。もしマドモワゼルが祈りの場所を欲しいとお思いでしたら、使ってないお部屋があるのでそこに小さな礼拝堂を作りましょう。そうすればきっと神様がベスお姉様を守ってくださるに違いありません」

その言葉の通りに、エスターはキャロル伯母さんには内緒で小さな小部屋を礼拝堂のようにしつらえてくれた。

小さなテーブルと、ひざまずいて祈るための足乗せ台。そしてテーブルの上には物置の奥で埃をかぶっていた聖母マリアの絵を置いてくれた。

エスターは知らなかったが、その絵はイル・サッソフェッラートという有名なイタリアの画家の「祈りの聖母」のレプリカで、とても高価な物だった。

黒い背景に浮かび上がる聖母は、気品と静寂《せいじゃく》の中で祈りを捧げている。その口元はうっすらと笑みを浮かべながらも、どこか寂しそうだ。

イタリアの巨匠《きょしょう》ラファエロの流れを汲《く》む画風は、エイミーの心に強烈な印象を残した。

「天にまします我らの父よ。

願わくは御名《みな》をあがめさせたまえ。

御国《みくに》を来たらせたまえ。

みこころの天になるごとく、

地にもなさせたまえ。

我らの日用の糧《かて》を、今日も与えたまえ。

我らに罪をおかす者を、我らが赦《ゆる》すごとく、
我らの罪をも許したまえ。

我らを試《こころ》みにあわせず、
悪より救いだしたまえ。

国と力と栄えとは、
限りなく汝《なんじ》のものなればなり。

アーメン」

祈りを捧げているうちに、エイミーの心は更に落ち着きを取り戻した。

母からクリスマスプレゼントとしてもらった姉妹《しまい》で色違いの聖書と讃美歌の本を置き、ローリーが持ってきた温室咲きの美しい花を飾《かざ》れば、どんな教会よりも立派に思える。

どうしようかとためらったが、聖書の横にはエドモニアからもらったウサギの彫刻《ちょうこく》を置いた。

ネイティブ・アメリカンの神様ナナボーゾを模した物だが、絵美の記憶の中にもあ

った物なので、聖書と共に置くのがふさわしい気がする。

キリスト教徒としては間違っているのだろうが、多神教の文化の下にいた日本人の記憶も持つ今は、並べて祈るのに抵抗はない。

「ナナボーゾ様も、よろしくお願いします」

頭を下げたエイミーは、ふとナナボーゾへはどうやって祈りを捧げるのだろうかと考えた。

何度か両手を打つのは、どの神様へのお祈りに必要なものだっただろうか。

そんな事を考えつつ、エイミーは小さな礼拝堂を出てキャロル伯母さんの相手をしようと部屋へ向かった。

今日は伯母さんの大好きな、イギリスの聖職者ベルシャムのエッセイを朗読してあげる予定だ。

淡々として刺激の少ない内容だが、当時の暮らしがよく分かって案外おもしろい。

現代の意識を持ちこの時代とのギャップに驚いているエイミーが、更に古い時代の生活を知るというのは、なんとも不思議な気分になった。

キャロル伯母さんは、活発なジョーとは違う意味でエイミーを気に入った。

大人しく従順で可愛《かわい》らしい姪《めい》を、まるで自分の娘のように思うようになったのだ。

ベスの病気に対する不安がなくなった今、エイミーはキャロル伯母さんの家での生活を満喫《まんきつ》していた。躾《しつけ》が厳しくて多少息苦しい所があるが、それ以外は食べる物もおいしいし、一昔前の豪華なドレスも試着して遊べる。

とりわけ表面に細かな織模様の浮かぶ青いブロケードのドレスは、少し色あせてはいたものの、染め直せば十分美しく豪華だった。

ただシルクの生地《きじ》が薄いので、エイミーは防寒も兼《か》ねて黄色いキルティングのスカートを重《かさ》ねてみた。

それに象牙《ぞうげ》と絹の扇《おうぎ》を持てば、ロココのお姫様に大変身だ。

マリー・アントワネットのコスプレもできそうだ、と考えて、フランス革命からまだ六十年ほどしか経《た》っていない事に気づく。

「もしかして、エスターは……」

この部屋で遊ぶのを許可してくれた優しいメイドの事を思う。

エイミーがせがむととても美しい発音でフランス語を話してくれるエスター。

メイドとはいえ、優雅《ゆうが》な物腰の彼女は、もしかしてフランス革命で祖国を追われた貴族の出身なのではないだろうか。

エイミーがしんみりしながら元の服に着替えると、ちょうどローリーが毎日のご機嫌伺《うかが》いにやってきた所だった。

「やあ、小さなレディはうまくやっているようだね」

「ローリー！」

約束通り、ローリーは毎日プラムフィールドを訪れた。

その時には必ず花やお菓子などの手土産《てみやげ》がある。その日はそれに加えて一通の手紙を持ってきていた。

「まあ、エドモニアからだわ」

差出人の名前を見て、エイミーは早速封を開ける。

手紙を広げると、ところどころに粘土《ねんど》らしき物がこびりついていた。

「ふふっ」

きっと作品を作っている最中に手紙を書いたのだろうと思うと、つい笑い声が漏《も》れてしまう。

「学校の友達？」

気になってはいるのだろうが、なんだかんだ言っても育ちの良いローリーは、ジョーのように無遠慮《ぶえんりょ》に手紙を覗《のぞ》きこもうとはしない。

「違うわ。同じ芸術を愛する仲間なの」

「ふうん」

手紙を読み進めると、新作を見に来ないかという誘いがあった。

北軍の英雄ではなく、古典的なモチーフにチャレンジしているらしい。

「ローリー、近いうちに街に行きたいわ」

「いいけど、どうして？」

「友達に会いに行くの。新作を作っているんですって」

「来週、ネッドたちとビリヤードの約束をしてるんだけど、その時でもいい？」

ビリヤードをしに街へ行くのなら、ついでに馬車に乗せてもらって、帰る時にピックアップしてもらえばいい。

ローリーはエイミーほど美術作品に興味を持っていないから、他で時間を費《つい》やしてくれるのなら、待たせて悪いと思いながらエドモニアと話す事にはならなそうでホッとした。

「ええ。それなら今から約束できるし、お願いするわね。手紙を書くから出しておいてもらえる？」

「もちろん」

ローリーに待ってもらって、エイミーは手紙を書いた。そろそろベスの具合も良くなりそうなので、家に戻ってから会いに行く事になりそうだ。

手紙を書き終わると、エイミーはローリーを午後のお茶に誘った。

実は新しいケーキ、といっても絵美の大好物なのだが、この時代にはなかったものを再現して作ってみたケーキを披露《ひろう》したくてウズウズしていたのだ。

お茶のテーブルには既《すで》にキャロル伯母さんが席についていた。ローリーも誘ったお茶会という事で、いつもよりおしゃれをしているらしく、家の中で滅多《めった》に着ないような手の込んだレースの黒いドレスを着ていた。

「早く席につきなさい。そこの気取った男の子も」

キャロル伯母さんに気取っていると言われたローリーは、ひょいと肩をすくめてエイミーに目くばせすると、大人しく席についた。

「今日はエイミーが特別なケーキを作ったと聞いたわ。いつの間にそんなに料理に興味を持つようになったのかしら」

眼鏡《めがね》の奥の気難しそうな目でジロリと見られたエイミーは、澄《す》ましながら答える。

「前からですわ、伯母様。でもちゃんとした形にできたのは、厨房《ちゅうぼう》にきちんとした料理人がいるからですの」

「きちんとした家には、気立ての良いメイドと腕の良い料理人がいるものですからね」

一緒に暮らす使用人がほめられるのは当然だと、キャロル伯母さんは鷹揚《おうよう》に頷く。いつもは怒りっぽい料理人も、エイミーのような美しい少女に褒《ほ》められれば悪い気はしない。

自然と胸が反《そ》り返って自慢げに立っていた。

「さあ、じゃあ自慢のケーキとやらを見せてちょうだい」

キャロル伯母さんには、既に最初に再現した苺《いちご》の〝ショートケーキ〟は披露していた。この季節の苺は温室育ちでとても高価だが、メグがベル・モファットの結婚式に持っていったのだと話をしたら、作ってみなさいと言われたのだ。

ふわふわで間にクリームと苺をはさんだケーキはキャロル伯母さんのお気に召したようで、特別な日のケーキにすると言っていた。

だから言葉には出さなくても、テーブルの上の銀製のクローシュで隠された新作をチラチラと見て気にしている様子なのが、とてもよく分かった。

料理人はキャロル伯母さんが頷いたのを見ると、うやうやしく銀色の蓋《ふた》を持ち上げてその中身を披露した。

そこには真っ白なケーキが載っていた。

ローリーもキャロル伯母さんも、また〝ショートケーキ〟なのかと一瞬がっかりしたが、よく見ると違う。

表面は平らで艶々《つやつや》としていてミルクゼリーのように見えるが、そこまで固そうではなくてしっとりとしている。

人気のゼリーのロールケーキを平たくしただけのものかと思ったが、どうやら違うらしい。

白いケーキの上にはベリーのジャムがたっぷりとかかっていて、とてもおいしそうだ。

エイミーはケーキを六等分すると、その一つをキャロル伯母さんに渡した。

キャロル伯母さんはナイフとフォークを使って口に入る大きさに切ると、頬張《ほおば》った。

そして長い人生で初めて出会う味に驚いた。

「とてもなめらかな舌触りだけれど……これはゼリーのケーキ？」

「いいえ、伯母様、チーズケーキです」

「チーズ？　これが？」

驚いたように目の前の白いケーキを見るキャロル伯母さんに、エイミーはどことなく優越感を覚える。

お金持ちで美味《おい》しい物をたくさん食べているキャロル伯母さんでも驚くほどのおいしさのケーキが作れたのが嬉《うれ》しいのだ。

アメリカではあまり広まっていないが、ポーランドの郷土料理の一つであるセルニックという焼いたチーズケーキはある。それでもまだレアチーズケーキは存在しない。

だがエイミーはどうしてもレアチーズケーキが食べたかったのだ。

たまたま料理人の友人がポーランドからの移民で、農場を経営していたのが良かった。

セルニックの材料となるトファルグという白チーズを生産していたからだ。

レアチーズケーキを作る時に使うクリームチーズとは違って少し固めでホロホロしているが、丁寧《ていねい》に削《けず》って使えば十分代用品になる。

作り方はそれほど難しくはない。

まず細かく砕《くだ》いたビスケットとバターを混ぜて型に流して、冷やして固める。

ゼラチンを水でふやかしておいて、その間にチーズと砂糖とヨーグルトを混ぜる。

泡立てた生クリームとは別に、沸騰《ふっとう》直前まで温めた生クリームにゼラチンを加え、他の材料を少しずつ加えて混ぜて冷やせば完成だ。

レモンを入れればゼラチンを使わなくても固まるのだが、トファルグはクリームチーズよりも酸味があるので、入れない事にした。

思い描いていたのと全く同じ味ではないが、チーズのまろやかさと口どけが絶妙な、懐《なつ》かしい味がした。

「えっ、これがチーズ？」

初めて食べる物は用心してなかなか口にしないローリーだが、キャロル伯母さんが澄ました顔で二口目を口に運ぶのを見て、どうやらちゃんと食べれるらしいぞと思い、自分も食べてみる事にした。

そしてキャロル伯母さんと同じように、未知の味に驚く。

「チーズケーキって言うから、てっきりレモンカードのケーキの事かと思ってた」

レモンカードというのは、レモンの果汁とバターと卵と砂糖を混ぜてクリーム状にした物だ。カードには「凝固《ぎょうこ》する」という意味がある。

このレモンカードを入れて焼き上げたカップケーキなどは、爽《さわ》やかな酸味と程よい甘さで、子供だけではなく大人にも人気だった。

「大変結構な味でしたね。料理人にはまた作らせましょう」

キャロル伯母さんはもったいぶった言い方でエイミーの作ったチーズケーキをほめた。

「それにしてもこんな珍《めずら》しい料理をよく知っていましたね」

「……友達に聞いたんです。先住民の血を引いていて」

エイミーは咄嗟《とっさ》にエドモニアから教わったという事にした。

さすがに前世の記憶を元に作りましたとは言えない。

「なるほど。良い友達を持ったようですね」

「ええ、伯母様」

澄ました顔で答えると、ローリーが吹き出しそうにしているので、こっそり睨《にら》む。

ローリーはエイミーが〝ショートケーキ〟を発明したと思っているので、今回のレアチーズケーキもエイミーの案だろうと確信している。

それなのにしれっと嘘《うそ》をつくのが、とてもおかしかったらしい。

ローリーは黙っていれば美少年だが、ジョーと仲良しな事から分かるように、中身はかなりやんちゃだ。

母親がイタリア人のはずなのに、エイミーの知る他のイタリア人と違って小さなレディの心の中をちっとも分かっていない。

気をとりなおして、エイミーは銀のフォークでチーズケーキを食べる。

材料が高価だから、キャロル伯母さんの家でなければ作れなかったであろうケーキは、かつて絵美が食べたケーキよりも少し酸味があったが、それでも今まで食べた中で一番おいしいレアチーズケーキだった。

それは、やっと心の重しが取れたからだろうか。

こうしてまた、絵美の記憶と共に、絵美の記憶に助けられながら、幸せになるために頑張っていこう。

舌でしっかり甘みを味わいながら、エイミーはフォークをまた延ばした。

第十章　メグとブルック先生

その日の朝は目覚《めざ》めた時から違う一日だと感じていた。

エイミーが古ぼけた重いカーテンを引くと、窓の外には初雪が積もっているのが見える。

庭の木に積もった雪に朝日が反射して、世界中が喜びで輝いているような気がした。

既に使用人たちは起きて働き始めているのだろうが、エイミーが過ごしている客間は、まだ穏《おだ》やかな静けさに包まれていた。

キャロル伯母《おば》さんから譲《ゆず》ってもらった時代遅れのガウンを羽織《はお》ると、両手をすり合わせながら食堂へ向かう。

そこには既《すで》に焼きたてのパンとゆでた卵が並んでいた。

エスターは年齢を感じさせない動きできびきびと支度《したく》をし、エイミーはまだ熱いパンにバターとジャムを塗《ぬ》って食べる。

ジャムはマーチ家の裏の果樹園で採《と》れたリンゴを使った、ハンナ特製のジャムだ。たった数日離れただけなのに我が家の味が恋しくて、エイミーはぎゅっと胸が締め付けられるようだった。

そんなエイミーの気持ちが通じたのだろうか、朝食が終わるかどうかという時間に外気で頰《ほお》を赤くしたローリーがベスの回復を伝えにきた。

お医者さんのバングズ先生からも、もう病気が移る心配はないから、エイミーが家に戻っても良いというお墨《すみ》付きをもらった。

エイミーは急いで帰り支度《じたく》をして、ローリーの馬車に乗りこんだ。

急ごしらえの礼拝室を解体するのは心苦しかったが、エイミーが使っているタンスの中を整理して、そこに小さな礼拝堂を作ってもいいかもしれない。

借り物である聖母の絵を持って帰る事はできないが、色鉛筆で模写した絵は完成している。

聖母の絵と聖書と、そして季節の花を飾《かざ》れば、そこがエイミーの新しい礼拝堂になるだろう。

別れ際《ぎわ》に、キャロル伯母さんは一人で頑張っていたご褒美《ほうび》だと言って、エイミーに綺麗《きれい》な青いトルコ石の指輪をくれた。

まだ子供のエイミーにその指輪は大きく指に嵌《は》まらなかったが、プラムフィールドの思い出として大切に取っておこうと思った。

エスターは年寄りしかいないプラムフィールドを明るくしてくれたエイミーがいなくなるのを寂《さび》しがり、また泊まりがけで遊びに来て欲しいと涙ぐんでいた。

隣にいるキャロル伯母さんも否定しなかったので、もしかしたらへそ曲がりで自分から口にできない伯母さんの願いをエスターが代弁していたのかもしれない。

エイミーは雪景色の中、心弾《こころはず》む思いで、懐《なつ》かしい我が家へと向かった。

しょう紅熱《こうねつ》から回復したベスは、思っていたよりも元気そうで、頬は薔薇《ばら》色のままエイミーを迎えてくれた。

「ベス！」

「エイミー、ごめんね。私のせいで家を離れなくちゃいけなくて……」

申し訳なさそうなベスに抱き着いたエイミーは、すっかり回復したベスの様子に安《あん》堵《ど》した。

きっとこれで、絵美が見た物語のようにベスが死んでしまう未来はなくなるに違いない。

「そんなの気にしないで。それよりしょう紅熱がひどくならなくて良かった」

「バングズ先生に早く診《み》てもらえたのが良かったみたい。それからエイミーの考えてくれた飲み物のおかげで、喉《のど》が渇《かわ》いても大丈夫だったわ。でもあの飲み物、不思議ね。熱が出ていた時はとてもおいしく感じたのに、治ってきたら微妙な味だったわ」

確かに塩と砂糖を混ぜた飲み物というのは、普段飲むには適していないそうだ。

エイミーは苦笑しながらも、きちんとエイミーの残したメモの通りにしてくれたらしいジョーに感謝の目を向けた。

そうして普段通りの日常が戻ってきた。

父・マーチ氏の病状も回復に向かっているらしく、マーチ夫人の手紙にはもう少ししたら家に戻ってこれるだろうと書いてあった。

早く家族全員で暮らせるようになりたいと思いながら、姉妹《しまい》は当たり前に過ぎる日常が、どれほど尊《とうと》い物かという事をかみしめ、日々を送っていた。

メグは家庭教師の仕事に復帰し、ジョーはキャロル伯母さんの話し相手を務《つと》めながら、新聞に載《の》せてもらう為《ため》の小説を書いている。

ベスは毎日の家事の傍《かたわ》らピアノを弾《ひ》き、エイミーは聖母の絵を描《か》くのに夢中になっていた。

聖母の顔はマーチ夫人だったりメグやベスだったりしたが、決してジョーの顔をモデルにはしなかった。

ジョーも、自分が聖母というガラではないと分かっているので、それについて文句を言う事はない。

だが少し残念に思っているらしいのは、その眉尻《まゆじり》が少し下がっている事からも察せられた。

ビリヤードをしに行くローリーの馬車に乗せてもらってエドモニアに会いに行ったり、天気の良い日はベスと湖まで散歩に行ったりと、平凡で刺激のない、だからこそとても尊いと感じられる日々が続く。

初雪からしばらくすると、雪の降る日が多くなっていよいよ本格的な冬支度になる。

雪の積もる量に比例するように、マーチ夫人からの手紙には明るい内容が増えていった。

マーチ氏の病状もかなり良くなっており、年明けには家に戻れるかもしれないという事だ。

もうすぐクリスマスという浮き立つような空気の中、更に年明けには両親が帰ってくるという知らせに、姉妹たちの心は自然と弾んでいく。

去年のクリスマスにはフンメルさん一家にクリスマスの食事を譲《ゆず》り、その善行によってお隣のローレンス家との知己《ちき》を得たのだ。

もうずっと昔から親しかったような気がするが、まだ一年も経《た》っていない間柄《あいだがら》なのだと思うと感慨《かんがい》深い。

エイミーは貯《た》めておいたお小遣いから、家族とローレンス一家と、そしてキャロル伯母さんへのクリスマスプレゼントを用意すると、その日を楽しみにした。

エドモニアには既《すで》にベスをモデルにして描いた聖母の絵をプレゼントしてある。お返しに、小さな芸術の神アポロンの胸像をもらった。

エイミーはそれを自分の祭壇《さいだん》に飾《かざ》りたかったが、せっかくなので玄関に飾った。ベスが月桂冠《げっけいかん》の代わりにシダで冠《かんむり》を作って頭に載《の》せているので、とても立派に見える。

クリスマスのお菓子はブッシュドノエルにした。ロールケーキにチョコレートのクリームをデコレーションして薪《まき》に見立てると、それだけでクリスマス気分になる。

ヒイラギの葉と赤い実を差そうと思ったが、ハンナに実の方は毒だからダメだと止められた。

ヒイラギはネイティブ・アメリカンたちの間では心臓病の薬として使われているが、

実の方にサポニンという胃痛を引き起こす成分がある。症状が重いと死に至ってしまうので要注意だ。

飾りとしてブッシュドノエルの上に差さっていても、もしかしたら全部食べられるのだと誤解して食べてしまう人がいるかもしれないので、飾り付けるのを諦《あきら》めた。

だがフォークで木の表皮のような模様をつけるのはとても楽しかった。

そしてクリスマス前日、姉妹たちは両親の無事を祈りながらもささやかなクリスマスの祝いを始めようとしていた。

いつもなら真っ先に参加しているはずのローリーの姿が見えないが、彼はたまに気まぐれを起こすので、きっといつもの事だろうと気にしないようにする。

そこへ静かにドアを開けたローリーが、顔だけ出してきた。

いたずら好きな目はキラキラと輝いていて、口元は笑みを浮かべたいのを我慢しているのか、ムズムズと動いている。

「一日早いですが、親愛なるマーチ家の御婦人たちにクリスマスのプレゼントを渡しに来ました。それは……」

まるでそれ以上息ができないとでも言うように言葉を切ったローリーは、さっと後《うし》ろに下がってしまう。

姉妹たちがどうしたのだろうと顔を見合わせていると、目の下まですっぽりとマフラーで顔を隠した背の高い男の人が、もう一人の青年に寄りかかりながら現れた。

会いたくてたまらなかった人の登場に、一同は言葉も忘れて立ちすくむ。

その後ろには喜びと慈愛《じあい》をたたえている、マーチ夫人の姿も見える。

姉妹たちは感極まって無事に戻ってきた父親に抱き着いた。

ジョーはあまりの嬉《うれ》しさに気絶しそうになってローリーに介抱されるという醜態《しゅうたい》をさらし、ベスは慎《つつ》ましく父のぬくもりを確かめた後は母に抱き着いた。

最近ではレディらしく澄《す》ましている事が多かったエイミーは、慌てて駆け寄る時に椅子《いす》につまずいて転んでしまったが、起き上がろうともせずに父親の長旅をしたブーツに抱き着き声を出して泣いた。

こうして家族が揃《そろ》うという喜びは、何にも代えがたい。

心の奥底から滲《にじ》む感動にひたりながら、ありきたりの日常の中での平凡な幸せという物が、実はこの世の中で一番尊いのだと思わずにはいられなかった。

そしてメグは父に抱き着いたはずみで、父に肩を貸していたブルック先生とぶつかり、なぜか感極まったらしきブルック先生から頰にキスを受けて真っ赤になっていた。

そんな感動の再会の中、ゴロゴロという低い音が台所に通じるドアから聞こえてきた。

この場で唯一《ゆいいつ》冷静だったローリーがドアを開けると、そこでは明日のクリスマスの食卓に並べられる予定の七面鳥を抱いたハンナが雷《かみなり》のように泣いていた。

その姿がなんともおかしく、一同は泣き笑いのような状態になり、嵐のような興奮から覚める事ができた。

「ただいま、私の愛する子供たち」

マーチ氏の言葉には万感の思いがこめられていて、姉妹たちはそれでまた泣いてしまった。

「さあ、お父様はお疲れですから休ませて差し上げて」

マーチ夫人がてきぱきと夫を大きなソファーに座らせて休息させると、ここまで付き添ってくれていたブルック先生は「久しぶりの家族水入らずだから」と言って、ローリーの手をつかみ、慌てた様子で立ち去った。

「お父様が帰ってくるのが分かっていたら、もっと豪華なお出迎えを準備したのに」

久しぶりに会う父親の大きな手で頭を撫《な》でられていたエイミーの言葉に、マーチ氏は牧師らしく穏《おだ》やかな微笑《ほほえ》みを浮かべた。

「皆を驚かせたかったんだよ」

そう言って、入院中の生活がどうだったかを話し始めた。

もちろんマーチ夫人の献身《けんしん》的な看護を称《たた》えるのは忘れなかったが、それよりも賛辞したのはブルック先生の事だった。

彼がいかに高潔で尊敬すべき人かという事を語ったのだ。

エイミーは父親の無事の帰還に喜んでいたが、どうやら入院中にブルック先生が両親からの好感度をかなり上げているのに気づき、戸惑《とまど》った。

そしてさっきアクシデントでブルック先生にキスをされたメグも、何となく意識している様子なのを見て焦《あせ》ってしまう。

(お父様たちはすっかりブルック先生を気にいっちゃってるわ。でもブルック先生は来年には無職になっちゃうし、家庭教師の職しかないなら貧乏《びんぼう》まっしぐらよ。せっかくメグはこんなに綺麗《きれい》なのに、もったいない)

メグのもう一人の崇拝者《すうはいしゃ》であるネッド・モファットはお金持ちだが、浮ついたところがあるといってマーチ夫人には嫌われている。

それにせっかく文通までこぎつけたものの、気の利《き》いた文面を書けないネッドは、メグの心を得る所までは行っていない。

両親が帰ってきた今となっては、ネッドがこの家を訪れる許可は得られないだろう。

そして今のメグの様子を見ると、両親からブルック先生を勧《すす》められたら、断らない可能性の方が高い。

（ネッドくらいのお金持ちとは言わないまでも、せめてもうちょっと収入がある人と結婚して欲しい）

大体、来年にはローリーが大学に行ってしまって家庭教師の職を失うのが分かっている男を、結婚相手に勧める親というのはどうなのだろう。

もちろんメグが自然に恋をしたというのなら、渋々《しぶしぶ》ながらも賛成できる。

だが両親がこれほどほめるのだから、ジョン・ブルックという青年は素晴らしい男性に違いないと思わせているのは、いかがなものかと思う。

父がお世話になったのは確かだが……。

エイミーは父の帰宅という喜びの中で、一人だけかすかな不満を覚えていた。

その年のクリスマスは、マーチ家の全員が我が家で迎える事ができて、とても素晴らしい一日になった。

ハンナの作る七面鳥の丸焼きはここ数年で一番の出来だったし、ブッシュドノエルは大好評だったし、両親からの心のこもったプレゼントももらう事ができた。

マーチ氏はまだ全快したというわけではないので、お祭り騒ぎとはならなかったが、家族と心優しき隣人だけのこぢんまりとしたクリスマスは、皆の心を豊かにした。お隣のローレンス氏もマーチ氏の無事の帰りをとても喜び、マーチ氏は自分が不在の間のローレンス氏の心づくしに大いに感謝した。ブルック先生も一緒に招かれたので、マーチ氏はいかに彼が献身的であったかを繰り返し、まるでもう新たな家族の一員であるかのように、親し気に「ジョン」と呼んでいた。

ブルック先生はメグを熱心に見つめていて、メグはその視線にそわそわしている。それを見ていたエイミーは面白《おもしろ》くなかったが、そう思っているのはエイミーだけではなかったらしい。ジョーもまたブルック先生が気に入らないのか、メグに話しかけようとする度《たび》に邪《じゃ》魔《ま》をしていた。

それがずっと続くので、おかしいなと思ってエイミーはジョーにブルック先生の事が嫌いなのかと聞いてみた。

すると、メグの落とした片方の手袋をブルック先生がずっと持っているのを、ローリーから聞いて、それからあまり良く思っていないと言うのだ。

「えっ、きもっ」

思わず絵美のような言葉が出てしまって、エイミーは慌てて口を隠す。

ジョーはいつも気取っているエイミーがそんな言葉を使ったのに驚いた。

「お母様はその事を知ってるの？」

咳《せき》ばらいをして聞き直したエイミーに、ジョーは首を振る。

「知らない」

「それを聞いたら、お母様もあんなにブルック先生を持ち上げたりしなくなるんじゃない？　私、メグにはもっと幸せな結婚をして欲しいわ」

ジョーもそれには深く頷《うなず》いた。

もっとも、ジョーの場合はメグを取られたくないという子供じみた独占《どくせん》欲が強すぎて、誰《だれ》が相手であっても強く反対しただろう。

「そうだよね。私、メグにはローリーが合ってると思うんだ」

「ローリー？」

「だってメグの事、一番の美人だっていつも言ってるじゃない」

ジョーのとんでもない発言に、エイミーは目を丸くした。

確かにローリーはメグを気に入っているが、それはマーチ家の姉妹の一人だからだ。

早くに両親を亡くしたローリーは家族の愛に飢《う》えている。

だからマーチ家と親しくなる事で、家族の温かさを知ったのだ。

そしてローリーはまるで卵から出たばかりのひな鳥が親鳥を慕《した》うように、自分を日の当たる場所に引っ張り出してくれたジョーの後ばかりついていっている。

ジョーは友情だと思っているかもしれないが、周りから見たら、あれはどう考えても異性への思いだ。

そのローリーにジョーがメグと結婚した方がいいなんて言おうものなら、ショックで倒れてしまうかもしれない。

　ローリーにはそういう厄介な繊細さがある。

　エイミーは頭痛を覚えながらも、いつかローリーの思いが通じる時がくればいいけど、と恋をする気配が欠片《かけら》もない姉を見て思う。

「メグには家族愛しか感じてないと思う」

「そうかな」

「ええ。絶対そうよ。だからローリーにそんな事言っちゃだめよ」

どっちが年上か分からないと思いながら、エイミーはジョーに念押しをする。

「うーん。分かった」

ちゃんと分かったのかどうか心配だが、これ以上エイミーにできる事はない。

（後はローリーが自分でがんばって）

今この場にいないローリーにエールを送ると、エイミーは手袋の件を早速マーチ夫人に伝えた。

だがマーチ夫人は、それくらいメグを慕っているということじゃない、と相手にしてくれず、ブルック先生は立派な人だし、たとえ贅沢《ぜいたく》な暮らしができなくても日々のパンが得られるくらいの慎ましい生活の方が本物の幸せを得られるのよと、全く話にならなかった。

むしろマーチ家が豊かだった頃《ころ》の記憶を引きずり虚栄心を捨てきれずにいたメグが、そうした貧しくても心の美しい若者に目を向けているという事が誇らしいようで、相手の瑕疵《かし》については目に入らないようだった。

そんな風にもやもやしている時にローリーのビリヤード遊びにくっついて街に行ったエイミーは、エドモニアのアトリエで思わず嘆《なげ》いてしまった。

だがエドモニアは粘土をこねる手を止めず、不思議そうに言う。

「エイミーは私には自由に思うまま生きたほうが良いって言うのに、なぜお姉さんはダメなのさ」

「え……？」

「だってそうじゃない。芸術には人種も性別も国も関係ないって言ってるのに、お姉さんの結婚には自分の理想を押しつけようとしてる」

エドモニアは力強く粘土をこねていく。

ただの粘土の塊《かたまり》が、エドモニアの手によって形作られ、魂《たましい》が吹き込まれていく。

それはまるで魔法のようだ。

「でも芸術と結婚は違うわ」

「どこが？　誰かを好きになるって、強制されてそうなるわけじゃなくて自然にそうなるでしょ。芸術だって心の赴《おもむ》くままに造り出していくものじゃない？」

エドモニアの感性は芸術家独特のものなのかもしれない。でもなぜだかエイミーは納得してしまう。

「メグには幸せになって欲しいのに」

「幸せって、他人が決めるものじゃないと思う。どんな環境でも、自分が幸せだと思えなければ、たとえどんなお金持ちでも満たされないんじゃないかな」

その言葉を聞いて、ローリーの事を思い浮かべた。

とてもお金持ちだけれど、大きな屋敷で孤独にさいなまれていた一人ぼっちの男の子。

マーチ家と交流する前の彼は、幸せだと言えただろうか……。

「そうね……。私が間違っていたわ。エドモニア、私に気づかせてくれてありがとう」

素直にお礼を言うと、エドモニアは手を止めてエイミーを眩《まぶ》しそうに見た。

「私が力を貸さなくても、いずれちゃんと分かったと思うけどね」

エイミーは少し照れたような顔で、エドモニアの手元を見る。

「今度は何を作るの？」

「そうねぇ。女性の強さを表す為《ため》に……エジプトのクレオパトラ女王なんてどうかしら」

ナポレオンのエジプト遠征から始まり、十年ほど前に開催《かいさい》されたイギリスやフランスの万博で花開いたエジプトブームは、今もなお続いている。

エドモニアの作るクレオパトラの像は、きっと美しくも力強い女性像になるのだろう。

エドモニアと別れたエイミーはローリーの馬車に乗せてもらいながら、愛について考えていた。

お金持ちと結婚するのが幸せだと思っていたけれど、心を伴わない結婚は不幸だとエドモニアは言う。

では自分はどうだろうと考える。

もちろん愛する人と結婚したいと思うが、ただ、フンメル一家のような暮らしに耐えられるとは思えない。

エイミーはできることならフンメル一家も救ってあげたかった。自分の周りにいる人だけでも、生まれ変わったのだから幸せにしたいのだ。

(やっぱり私が画家として成功するしかないわ)

そうすれば、お金の心配もなくなるし、姉妹の誰が誰と結婚しても、問題はなくなる。

そう思いながらエイミーは横に座るローリーを見る。

セオドア・ローレンス。愛称はローリー。

黒いカールした髪に子犬のような黒い瞳、少し褐色《かっしょく》の肌を持つ、ナイーブでエキゾチックな男の子。

今はまだ子供だけれど、もっと成長すればイタリア男子らしく色気のある美青年に育つだろう。

彼は、エイミーの姉のジョーを熱愛している。

(でもジョーには全然その気がないのよね。親友としか思ってない)

可哀想《かわいそう》だが、ローリーの思いは、これっぽっちもジョーに伝わってはいなかった。

一応、ローリーは機会がある度にアプローチしているのだが、親友という枠組《わくぐ》みを越えたくないジョーに拒絶されてしまう。

ローリーも決定的な破局を迎えたくなくて、「愛してる」の一言を言えずにジョーが振り向いてくれるのを切望している。

(でもきっと、今のままじゃうまくいかない)

だからだろうか、エイミーは思わずローリーに聞いてしまった。

「ねえローリー。男女の間に友情って成立すると思う?」

「なんだよ急に」

「私は絶対に無理だと思う。どっちかが相手を好きになっちゃうのよ。それで関係が壊れちゃうの」

「……友達じゃなかったら、恋人同士になればいいじゃないか」

ふてくされたように呟《つぶや》くローリーも、このままではジョーと恋人同士になる未来なんて来ないと分かっているのだろう。

「片方が大人にならないとダメね」

断言すると、ローリーがムッとしたようにエイミーを見た。

「それ、僕のことを遠回しに言ってる？」

「さあね、好きに考えるといいわ」

エイミーの言葉に、ローリーは深く考えこんでいるようだった。

年齢はどうにもならない。

だが思慮《しりょ》深く「大人」になっていけば、親友ではなく、彼の望む席を与えられるのではないだろうか。

家に帰ると、玄関の前にキャロル伯母さんの馬車が停《と》まっていた。

「伯母様……？」

足が悪いのにわざわざマーチ家に来るなんて珍《めずら》しいと思いながら家の中に入ると、中から言い争うような声が聞こえてくる。

信じられない事に、キャロル伯母さんに言い返しているのはメグだった。

エイミーは二人の後ろから顔だけのぞかせているジョーを見つけると、口論しているキャロル伯母さんとメグを避《さ》けて、ローリーと一緒にそっと裏口からジョーのもとへ行く。

「ジョー、何があったの？」

「それが、ついにブルック氏がメグにプロポーズをして、メグはまだ若いからって断ったんだけど、そこにキャロル伯母さんが来て、あんな貧乏な男はきっとメグにお金持ちの親戚《しんせき》がいるからプロポーズしたに違いない、って言いだしたのよ」

きっとキャロル伯母さんは伯母さんなりの親切でそう言ったのだろう。

だがそれは、マーチ家の最も大切にする「愛」を踏《ふ》みにじる言葉だ。

キャロル伯母さんも亡くなった夫からもらった結婚指輪を大切にしていたり、早世した娘の腕輪を大事にしていたりと、愛を知らないわけではない。

ただ、相手を心配して忠告している時の言葉の使い方が、あまり上手ではないのだ。

「私は親切心で言っているのだけれどね。最初に失敗をして、人生を台無しにしたくないでしょう？」

「どうして失敗するなんて決めつけるんですか」

「あんなに貧乏で、お前さんを幸せにできるはずがないだろうに。手はひび割れ、服も買えず、みすぼらしい生活をしたいと思うのかい？　せっかくまあまあ見られる容姿をしているというのに、宝の持ち腐《ぐさ》れになってしまう」

「お父様とお母様はそう思っていません。二人ともジョンが好きなんですもの」

「はっ、もう名前で呼んでいるのかい。これは重症《じゅうしょう》だねぇ。いいかい、お前さんは良い結婚をして家族を助けるべきさ。それは義務と言ってもいい。そこのところをよく肝《きも》に銘《めい》じておくんだね。あのブルックとか言う男には、お金持ちで財産を残すような親戚はいるのかね」

「いいえ、でも彼には親切なお友だちが沢山《たくさん》いるわ」

「友だちなんて何の役に立つものか。それに仕事がなくなるんだろう？」

エイミーから話を聞いていて、キャロル伯母さんはジョン・ブルックの事にそれなりに精通していた。

「まだですけど、ローレンスさんが紹介してくれるそうです」

「そんなもの、長く続くものかね。最初はいいかもしれないが、ローレンス氏は偏屈《へんくつ》な老人で頼りにはならないさ。それに愛でお腹《なか》はふくれないよ」

「私の人生の半分を費《つい》やしてもこれ以上いい結婚はできませんわ。ジョンはとても良い人で、賢くて才能もあって働き者だから、きっと成功するに違いありません」

こっそり聞いているエイミーは、それは褒《ほ》め過ぎでは、と思ったが、賢明にも黙っておいた。

ジョーとローリーはどちらかというと大人の言う事はよく聞くメグが、こんなにムキになって反論しているという事に驚きを隠せていない。

「おおかた、お前にお金持ちの親戚がいるのを知っているんだろうさ。それがあの男の好意の秘密だよ」

「キャロル伯母様、よくもそんな事が言えますね。ジョンはそんな卑劣《ひれつ》な事は絶対にしませんもん。私は貧乏なんて怖くないもの。今までだって幸せだったし、これからも彼といられるのなら幸せです。だって彼は私を愛してくれるし、私も……。とにかく、そんなひどい事を言う伯母様とは、もう話したくないわ！」

初めて見るメグの本気の怒りにキャロル伯母さんは驚いたが、それでかえって意固地になってしまった。

ついていた杖《つえ》を振り回して怒っている。

「なんていう恩知らずだ。せっかく私が良い結婚相手をみつくろってやろうと思ったのに。分かったよ、私はもうこの件に関しては一切関《かか》わらない。お前さんも金輪際《こんりんざい》、私の財産を当てにするんじゃないよ」

キャロル伯母さんはプリプリと怒ったまま、腹いせのように大きな音を立ててドアを閉め帰ってしまった。

あれは、後からエイミーがとりなしてあげなければなるまい。ジョーに任せたら火に油を注ぎかねない。家族の幸せを考えるエイミーは、そちらに気を取られた。

残されたメグは、暴風雨のような情熱が過ぎ去った後の虚無に似た感情を覚えているのか、その場に立ち尽《つ》くしている。

慣れない感情の爆発に、心がついていけないのだろう。

次の瞬間、メグはたくましい腕の中にいた。

隣の部屋ですっかり話を聞いていたブルック先生が、感極まってメグを抱きしめたのだ。

「愛《いと》しいマーガレット。僕の弁護をしてくれてありがとう。あなたの伯母様は、隠されたあなたの心をしっかりと表に出してくださったのですね」

「だって、あなたの事を悪く言われて腹が立ったんですもの。伯母様に悪く言われるまで、私の中にこんな気持ちがあるなんて知りませんでしたわ」

「ではマーガレット。先ほどの質問をもう一度したら、違う答えを返してくださいますか？」

「ええ。もちろん……」

そこまでメグの勇気は燃料切れになってしまった。

あまりの恥ずかしさに顔を真っ赤にして、ブルック先生のベストに顔を伏せてしまう。

覗《のぞ》いているエイミーたちも、二人のラブシーンに顔を赤くしてその場を離れる。

（やられた。あそこまでのろけられたら、応援するしかないわ）

これまで反対派だったエイミーは遂《つい》に折れ、白旗を上げた。

だがジョーは怒ったような諦めたような顔をして、男の子のように足で壁を蹴《け》っている。

「やめなさいよ、ジョー」

「エイミーはよく平気ね。メグが遠くに行ってしまうのに！」

いつものように感情を高ぶらせたジョーは、伸び始めてきた髪をガシガシとかいた。

それを見てローリーがいつものようになだめる。

「まあいいじゃないか。ブルック先生は、こうと決めたら絶対にそれをやってのけるんだ。君もそろそろ姉離れをしたほうがいいよ」

だがいつもと違ってジョーはローリーの言葉を素直に聞く事ができなかった。

「分かったような事を言わないで！　メグは私の姉だけど、大切な親友でもあったのよ」

「別にメグが結婚したって家族なのに変わりはないだろう」

「変わるわ。だってメグの一番じゃなくなるもの」

「じゃあ僕が一番になるよ」

わずかな期待をこめたローリーの言葉は、あっさりと空振りしてしまう。

「ローリーじゃ無理よ。だってあなた、男の子だもの」

「えぇ……、男だっていいじゃないか……」

そういえばメグとエイミーには同性の友達がいるが、引っ込み思案のベスとすぐに癇癪《かんしゃく》を起こすジョーにはお隣の一家以外の友達がそもそもいない。

エイミーは、二人とももっと世界を広げるべきだと思った。

「どうしたの、ジョー。そんなに騒いで」

ベスがクリスマスの御馳走《ごちそう》の残りをバスケットに入れて手に持っていた。きっとフンメルさんの家におすそ分けに行くのだろう。

しょう紅熱を移されて大変だったのに、心の優しいベスは回復するとまたフンメルさんの家に通うようになっていたのだ。

「聞いてよ、ベス！」

味方を得たとジョーが立ち上がると、落ちこんだジョーを慰《なぐさ》めようと思っていたローリーの腕は空を切り、そのまま力なく下を向いた。

エイミーは、こっちのロマンスはまだまだ先ねと思いながら、騒がしくも愛しい家族を眺《なが》める。

冬の湖の中に落ちてエイミーが前世の記憶を取り戻してから、もうすぐ一年になる。

絵美の記憶はすっかりエイミーの中に溶け込み、記憶の中の引き出しに大切にしまわれている。

両親を早くに亡くして孤独だった絵美が、今はこんなにも愛のあふれた家族に囲まれている。

ベスもこれだけ元気になれば心配ないだろうし、エドモニアという親友もできた。

後は画家になって大成するという、前世からの夢をかなえる為に前を向いて努力するだけだ。そしてみんなを、周りを幸せにしてみせる。

エイミーは鏡に映った金髪の女の子に微笑みかけると、愛すべき家族の輪に戻るべく、ジョーとベスの元へ歩いていった。

参考文献・『ルイーザ・メイ・オールコットの「若草物語」クックブック　四姉妹たちの作品世界とすてきなレシピ』原書房

本書はハルキ文庫の書き下ろし作品です。

あ 35-1

転生若草物語《てんせいわかくさものがたり》

著者 彩戸《あやと》ゆめ

2022年6月28日第一刷発行

発行者 角川春樹
発行所 株式会社角川春樹事務所
〒102-0074 東京都千代田区九段南2-1-30イタリア文化会館
電話 03(3263)5247(編集)
03(3263)5881(営業)

印刷・製本 中央精版印刷株式会社

フォーマットデザイン bookwall

ISBN978-4-7584-4498-9

http://www.kadokawaharuki.co.jp/[営業]
fanmail@kadokawaharuki.co.jp[編集] ご意見・ご感想をお寄せください。